Susanne Roth
Zwölf Jahre

SUSANNE ROTH

ZWÖLF JAHRE

Bibliografische Information der Deutschen Nationalbibliothek
Die Deutsche Nationalbibliothek verzeichnet diese Publikation
in der Deutschen Nationalbibliografie; detaillierte bibliografische
Daten sind im Internet über http://dnb.d-nb.de abrufbar.

© 2011 Susanne Roth
Umschlagdesign, Satz, Herstellung und Verlag: Books on Demand GmbH,
Norderstedt
ISBN 978-3-8448-7422-8

Für Berndi.
Möge er alle meine Geschichten verstehen.

1

Ich bummle durch unser kleines Dorf. Na ja, so klein ist es auch nicht mit ca. 7.500 Einwohnern. In den letzten 30 Jahren ist es doch ganz schön gewachsen.

Es ist Vorweihnachtszeit, die Zeit, in der ich immer wieder ins Grübeln komme. Es ist ein kalter Nachmittag. Ich hoffe, wie viele andere Menschen, dass es weiße Weihnachten wird. Die Geschäfte sind mit bunten Lichtern geschmückt. In den Fenstern liegt schon künstlicher Schnee. Engel, Weihnachtsmänner, kleine Päckchen, schon in weihnachtliches Papier eingeschlagen, locken schon. Ich mag Weihnachten sehr. In dieser Zeit werde ich immer melancholisch und meine Gedanken wandern zurück bis hin zu meiner Kindheit. Das einzige Problem ist für mich immer dasselbe: die Geschenke. Es ist doch immer wieder das Gleiche: Was schenke ich meinen Lieben? Schenkst du mir was, schenk ich dir was. Dabei hat man doch schon alles, und es wird immer schwerer mit dem Schenken. Natürlich ist es auch ein Generationsproblem. Ich selbst gehöre schon leider zur älteren Generation. Da wird das Ganze schon kritisch. Man muss schon mehr Geld ausgeben, um das Richtige zu finden. Früher, in jungen Jahren, war es etwas leichter, etwas zu bekommen. Da war man nicht so wählerisch und vieles hatte man noch nicht. Oft fehlten Dinge: von Küchengeräten, Möbeln bis hin zum Geschirr, Besteck und vielem mehr. In der heutigen Zeit wird es richtig teuer. Es fängt schon beim Computer an und was da noch alles dazugehört. Meine Güte, es ist ja richtig anstrengend, da noch den Durchblick zu behalten. Nun laufe ich schon eine Weile und mir wird kalt, besonders die Füße. Ich bin auch an jedem Laden stehen geblieben. Meine gefütterten

Winterstiefel haben mir auch nicht weitergeholfen. Ich beschließe, einfach zu meinem Friseur zu gehen, um mich aufzuwärmen und ein bisschen verwöhnen zu lassen. Kaffee bekomme ich dort auch. Ohne Termin. Hoffentlich habe ich Glück.

Ich habe Glück. Meine Friseurin ist zwar etwas verwundert, da es nicht mein Tag ist. Aber sie weiß auch, dass ich, auch schon ein bisschen älter, immer noch hübsch aussehen möchte. Schon sitze ich mit meinem Kaffee und meiner Zigarette sogar auf meinem Stammplatz und genieße das Föhnen und den netten Plausch mit Astrid. Leider ist die Zeit viel zu schnell vorbei und ich bummele noch ein bisschen weiter. Wenn ich jetzt in die Schaufenster gucke, denke ich: Jetzt siehst du doch viel jünger aus, als du eigentlich bist, und außerdem hast du dich doch ganz gut gehalten für dein Alter. Aber keiner dreht sich mehr um und bestätigt meine Gedanken. Und ich bin alleine. Ich habe mir immer eine große Familie gewünscht. Einen lieben Ehemann und viele Kinder. Und wie jedes Jahr übermannt mich diese schreckliche Traurigkeit und ich bemerke ein komisches Gefühl in der Magengegend, das so langsam immer höher steigt, bis ich einen Kloß im Hals verspüre, und schon stehen mir die Tränen in den Augen. Was ist aus meinem Traum geworden? Der Wunsch nach einer großen glücklichen Familie? Ich denke, ich gehe nach Hause und schreibe einmal meine Geschichte auf. Vielleicht hilft es, mir meine trüben Gedanken von der Seele zu schreiben, wie man oft sagt.

Wo soll ich anfangen? Denn jeder Lebensabschnitt war schrecklich. Das stimmt nicht ganz, es gab 12 Jahre, in denen ich glücklich war. Ich wurde geliebt, versorgt, jeden Tag ein liebes Wort. Leider aber keine Kinder, dazu war ich schon zu alt. Aber ich glaube, es ist besser, ich fange ganz von vorne an, denn eigentlich bin ich jetzt schon am Ende. Ich beginne damit, so weit meine Erinnerung geht.

2

Als ungeliebtes, ungewolltes Kind wurde ich geboren. So hat meine Mutter mir das immer wieder erzählt. Mein Vater war Rechtsanwalt und 25 Jahre älter als meine Mutter. Sie hat mir erzählt, sie wurde gezwungen zu heiraten. Sie war eine gute Schülerin mit 11 mal der Note 1 im Zeugnis. Das stimmt, ich habe das Zeugnis gesehen. Mein Vater hatte doch eine junge hübsche Frau, aber er konnte den Hosenstall nicht zulassen. Er ging immer wieder fremd. Irgendwann lernte meine Mutter einen anderen Mann kennen. Dass er verheiratet war und schon vier Kinder hatte, störte sie nicht. Sie ließ sich scheiden. Der Mann ließ seine Familie im Stich und zog zu meiner Mutter. Ich erinnere mich noch genau, dass seine Kinder oft bei uns vor der Tür standen. Sie hatten Hunger, nichts zum Anziehen. Es war kurz nach dem Krieg. Sie hassten mich. Ich hatte ja nun alles: Vater, Mutter, genug zu essen. Sie hatten aber immer noch ihre Mutter, die sie liebte. Bei mir war das anders. Ich hatte zwar zu essen, aber statt Liebe bekam ich Hiebe. Damals war das für mich normal, dass ich geschlagen wurde, denn ich hatte ja immer etwas angestellt, wurde mir erzählt.

Der Mann, den meine Mutter kennenlernte, war Autoschlosser, so nannte man das damals. Ein guter Beruf. Er machte sich sogar selbstständig. Aber er war Alkoholiker. Was er verdiente, versoff er auch wieder. So war es bald mit der Selbstständigkeit vorbei. Er war ein richtiger Prolet. Wenn er richtig besoffen war, schlug er alles kurz und klein, auch meine Mutter und mich. Ich lebte nur in Angst und Schrecken. Eines Tages war es dann so weit, dass meine Mutter diesen Widerling heiratete. Ich muss damals ungefähr acht Jahr gewesen sein. Die beiden gingen zum Standesamt. Ich bettelte meine Mutter an und sagte mit einer fürchterlichen Angst, sie solle ihn bloß nicht heiraten. Sie schlug mich so heftig, dass ich auf den Boden fiel. Dann sperrten die beiden mich in der Wohnung ein und gingen zum Standesamt. Es dauerte sehr lange, bis sie wieder nach Hause kamen. Es muss in der Nacht gewesen sein. Ich weiß es nicht mehr so genau. Der Kerl soff immer weiter und wir mussten aus der Wohnung ausziehen. Wir bekamen eine Einzimmerwohnung. In diesem einen Zimmer wurde alles gemacht: gekocht, gewaschen und gebumst. Am Abend, wenn ich in meine Schlafecke kam, warteten sie kurze Zeit, bis sie dachten, ich sei eingeschlafen. So machte ich meine ersten sexuellen Erfahrungen, und das mit acht Jahren. Es geschah auf dem Küchentisch, wo wir immer unser Essen einnahmen. Ich weiß noch, dass ich Angst hatte, die sich dann in Ekel verwandelte. Am Morgen, wenn ich mein Marmeladenbrot essen sollte, brachte ich kaum einen Bissen hinunter. Da gab es gleich Schläge auf den Kopf. Dann gab es noch einen Tritt und ich ging zur Schule. Ganz fein angezogen war ich. Es sollte wohl keiner merken, was sich bei der Familie Tugend, so ein schöner Name für die beiden tugendhaften Menschen, abspielte.

Die Nachbarn wussten und haben gehört, dass immer Krach war, aber keiner hat sich darum gekümmert. Damals war es nicht so wie heute, dass sich irgendein Amt kümmerte, und wenn, dann nur selten. Es verging kaum ein Tag, an dem mein Stiefvater mir nicht erzählte, ich sei ein Bastard und kein Kind der Liebe. Wenn es zum Mittagessen Fleisch gab, bekam ich immer nur das Fett mit dem Kommentar meines Stiefvaters zu meiner Mutter: »Gib ihr das Fett, dann kann sie glatt scheißen.«

Dann kam der Tag, an dem ich dachte, es gibt doch Wunder. Mein Stiefvater versprach, mit dem Trinken aufzuhören. Das hatte leider die Bedingung, mich in ein Heim zu geben.

3

So geschah es dann auch. Bevor ich weggebracht wurde, verbrannte meine Mutter meine einzige Puppe im Herd vor meinen Augen. Sie war mit Stroh gefüllt und war kaputt. Mutter sagte, sie mache zu viel Schmutz. Das war für mich ganz schlimm, als meine Ursula in Flammen aufging. Ich sehe es noch heute vor mir. Meine Puppen heute, drei an der Zahl, heißen alle Ursula.

Im Heim ging es mir nicht gut. Ob Sie es glauben oder nicht, ich hatte Heimweh nach meiner Mutter. Ich konnte und wollte es wohl nicht begreifen, dass sie mich nicht mag. Ich sah bei meinen Schulkameradinnen, wie die Mütter ihre Kinder umarmten und küssten. Ich hatte so etwas noch nie erlebt.

Nach einem Jahr wurde das Heim geschlossen. Ich hatte nun wieder Hoffnung, dass sich doch noch alles zum Guten wenden würde.

Es kam anders. Jetzt stopften sie mich in einen Bunker, dem »Germania Bunker« in Frankfurt am Main. Er war als Heim umgestaltet worden. Es gibt ihn noch heute. Dort befindet sich jetzt eine soziale Einrichtung. Es sollten Sozialarbeiter dafür sorgen, dass es bei Kindern keine Misshandlungen gibt. Das habe ich gehört, denn ich bin nie wieder in die Nähe dieses Bunkers gekommen. Noch heute bekomme ich Gänsehaut, wenn ich an diese Behausung denke. Dieser kleine Raum, ohne Fenster natürlich, den ich mit noch einem Mädchen teilen musste. Kein bisschen Luft, der modrige Geruch. Ich kann es einfach nicht vergessen. Von dort aus bin ich zur Schule gegangen, habe meinen Abschluss gemacht. Ich nenne sie mal »die Wärterinnen«, sie haben dafür gesorgt, dass ich eine Lehre beginnen konnte. Als Friseuse. Das war nicht das, was ich wollte. Aber es war eh alles egal. Hauptsache ein bisschen Freiheit. Wenn ich wollte, konnte ich ja später noch weiter zur Schule gehen, dachte ich. Aber nun begann das Unglück weiter seinen Lauf zu nehmen.

4

Mein leiblicher Vater war Anwalt. Leider habe ich ihn kaum gekannt. Aber ich wollte gern Jura studieren. Ich glaube, die Rechtswissenschaft und das Verlangen nach Gerechtigkeit liegen mir im Blut. Es kann sein, dass mein Vater mir das vererbt hatte. Aber ich schiebe das erst einmal nach hinten. Ich sitze ja immer noch in meinem Bunker. Ein bisschen mehr Freiheit hatte ich schon. Sonnabends durften wir bis 20 Uhr ausbleiben, um Besuche zu machen oder ins Kino zu gehen. Ich ging mit einem Mädchen zum Tanzen. Es war eine Tanzkneipe mit toller Musik. Man spielte hauptsächlich Rock 'n' Roll. Leider konnte ich da nicht mithalten, aber ich hatte auch meinen Spaß beim Zusehen.

Da war ein Junge, der konnte tanzen, und die Mädchen liefern nur so hinter ihm her. Irgendwann bin ich ihm aufgefallen. Er kam zu meinem Tisch und fragte, warum ich nicht wie alle mittanzen würde. Ich sagte, dass ich nicht tanzen könne. Er meinte: »Ich bringe es dir bei.« So kam es auch ganz schnell, dass ich genau wie die anderen mich bewegen konnte. Ich muss damals 16 Jahre alt gewesen sein, und ich verliebte mich unsterblich in Wolfgang. Er war 21 Jahre und hatte auch ganz andere Dinge im Kopf: Bei ihm verlor ich meine Unschuld. Ich dachte, nun bin ich glücklich. Es tat ihm Leid, dass ich immer wieder so frühzeitig in den Bunker zurückmusste. Es dauerte nicht lange und ich wurde schwanger. Von Verhütung hatte ich keine Ahnung. Meine Mutter hatte mich nicht aufgeklärt.

Wolfgang sagte: »Das ist kein Problem. Wir heiraten und dann bist du immer bei mir.« Endlich kam ich aus dem verhassten Bunker heraus. Mit 17 Jahren bekam ich meinen Thomas. Damals brauchte man noch die Einwilligung von den Eltern, wenn man mit 16 heiraten wollte. Oh, wie gerne gab meine Mutter ihre Unterschrift. So war sie nun das verhasste, nicht gewollte Kind endlich los.

Wolfgang war Fensterputzer. Heute heißt es etwas vornehmer Glasreiniger. Nun hatte ich ein Zuhause. Ich lebte mit Wolfgang, seiner Mutter und meinem kleinen Jungen in einem kleinen Zimmer. Dort wurde geschlafen, gekocht und alles spielte sich dort ab. Die Toilette war ein Plumpsklo und befand sich im Hof. Im Winter war es zu kalt, um nach draußen zu gehen. Aber es gab ja einen Eimer, auf den wir uns setzen konnten. Na ja, dachte ich, das ist alles nicht so schlimm. Ich hatte Wolfgang, mein Kind und musste zufrieden sein. Das war ich auch, bis Wolfgang keine Lust mehr hatte zu arbeiten und wir nichts mehr zu essen hatten. Meine Schwiegermutter hatte auch nur eine winzige Rente.

Wolfgang lag fast den ganzen Tag im Bett, schlief oder hörte Radio. Am Abend verschwand er und kam erst gegen Morgen wieder nach Hause. Plötzlich arbeitete er wieder, wenn er Lust hatte, aber Geld bekam ich nicht. Er behielt alles für sich und ging seine eigenen Wege. Wenn er einmal nach Hause kam, war er immer betrunken. Es gab immer fürchterlichen Krach. Wenn ich ihm Vorwürfe machte, schlug er mich. Ich musste wieder arbeiten gehen, um uns einigermaßen über Wasser zu halten. Mein kleiner Junge blieb bei meiner Schwiegermutter, die sich lieb um ihn kümmerte.

Mit Wolfgang wurde es immer schlimmer. Eines Tages traf ich ihn auf der Straße mit einem fremden Mädchen. Als ich ihn ansprach, sagte er zu diesem Mädchen: »Die Frau kenne ich nicht.«

Ich litt Höllenqualen. Ich liebte ihn doch so sehr. Ein Jahr nach der Geburt war ich wieder schwanger. Als die Wehen einsetzten, fuhr ich mit einem Pappköfferchen und mit dem Bus ins Krankenhaus.

Es hat mich wieder niemand begleitet, genau wie bei der Geburt von Thomas. Ich war wieder alleine.

Dann kam Bernd auf die Welt. Es hat mich niemand besucht, auch meine Mutter nicht. Der Arzt kam zu mir und erzählte, ich brauchte mit dem zweiten Kind gar nicht mehr nach Hause zu kommen. Es wäre dort kein Platz für ein zweites Kind. Er schlug vor, den Jungen zur Adoption freizugeben. Damals dachte ich, die Welt geht unter. Ich hatte doch schon genug durchgemacht. Ich gab meinen Jungen nicht frei, aber er wurde in ein Heim gebracht. Mit dem Gedanken, wenn es mir besser geht, kann ich ihn wieder nach Hause holen, ging ich nach Hause. Geld für den Bus hatte ich nicht, also lief ich den ganzen Weg. Ich hatte solche Sehnsucht nach meinem Thomas. Als ich zu Hause ankam, war Wolfgang betrunken und schlug mich ganz schrecklich. Ich hatte meinen Bernd nicht zur Adoption freigegeben. Nun wusste ich nicht mehr weiter und wandte mich an meine Mutter. Sie meinte, sie habe selbst genug am Hals, schließlich hätte ich mir ja die Suppe eingebrockt und solle sie auch wieder auslöffeln.

5

Auf dem Rückweg, ich war damals 18 Jahre, brach ich auf der Straße
zusammen. Als ich wach wurde, lag ich im Krankenhaus. Es war
ein katholisches Krankenhaus. Ich muss das erwähnen, da ich immer geglaubt habe, katholische Schwestern wären etwas Besonderes
und auch ganz lieb. Dort verbrachte ich ein ganzes Jahr. Mein Körper, meine Seele waren ausgebrannt. Ich war schwer krank. Eine
der Schwestern erzählte mir fast täglich, was für ein verdorbenes
Mädchen ich doch sei. Sie würde aber für meine Seele beten. Ich
bekam irgendwann einen Schreikrampf und man brachte mich in
eine Nervenklinik. Dort begann ich mich langsam zu erholen. Es
hat die ganze Zeit niemand nach mir gefragt oder mich besucht.
Die Schwestern haben mir aber erzählt, dass es meinen Kindern gut
ginge. Es verging wieder ein halbes Jahr. Danach kam ich zur Kur.
Dort war ich acht Wochen und blühte richtig auf. Viele Gespräche
und Ratschläge brachten mich wieder auf die Beine. Nun musste ich
aber mein Leben und das meiner Kinder auf die Reihe bekommen.
Damals gab es noch keine sozialen Einrichtungen, so wie sie heute
üblich sind. Es ist gut so, wie es jetzt ist. Kein junger Mensch wird
heute im Stich gelassen. Man bekommt Hilfe, wann immer man sie
braucht. Den einzigen Weg, den ich kannte, war der zum Jugendamt.
Ich hatte furchtbare Angst nach Hause zu gehen, und ich wollte
auch nicht. Das Jugendamt wies mich in ein Obdachlosenheim
ein. Das Zimmer war notdürftig eingerichtet. Ich war froh, dass
ich für Thomas und mich erst einmal eine Bleibe hatte. Bernd aus
dem Heim zu holen, daran war gar nicht zu denken. Ich musste erst
einmal Geld verdienen, um aus dieser neuen Misere wieder heraus-

zukommen. Ich arbeitete wieder als Friseuse. Thomas hatte ich in einer Tagesstätte untergebracht. Am Abend habe ich gekellnert, um mir Geld zusammenzusparen. Der arme kleine Thomas war jeden Abend alleine. Um mein schlechtes Gewissen zu beruhigen, durfte er immer den kleinen Fernseher einschalten. Ich stellte den Wecker und er wusste, dann musste er ins Bett. In dem Obdachlosenheim war es sehr laut. Fast jeden Abend und in der Nacht musste die Polizei anrücken und für Ruhe sorgen. Ich musste mir unbedingt eine Wohnung suchen. Das war sehr schwer. Ich hatte auch nicht viel Geld. Dann fand ich eine. Ich wohnte dort etwa ein Jahr. Die Wohnung, ein Zimmer mit Toilette, war viel zu teuer und bald konnte ich die Miete nicht mehr regelmäßig bezahlen. Ich musste wieder in das verhasste Obdachlosenheim zurück.

6

Dort lernte ich Rolf kennen. Er war ein netter, fröhlicher Mann. Leider war er verheiratet und hatte zwei Kinder. Im Heim wurde viel getratscht und ich erfuhr, dass seine Ehe nicht die beste war. Er kümmerte sich mehr um mich und Thomas als um seine eigene Familie. Ich kannte seine Frau. Lotti war ihr Name. Eigentlich war sie immer freundlich. Als sie mich einmal in ihre Behausung ließ, wunderte ich mich. Sicher hatte sich schon verbreitet, dass ihr Mann sich zu viel um mich kümmerte. Sie sagte aber kein Wort dazu. In dem Zimmer war es so unordentlich und schmutzig, dass es mir die Sprache verschlug. Ich mochte auch nicht aus der Tasse trinken, als sie mir Kaffee anbot. Man sprach über dies und das, nichts Besonderes. Aha, dachte ich, dieser nette Rolf fühlte sich bei seiner schlampigen Frau nicht wohl. Er war Kraftfahrer, war unregelmäßig zu Hause. Kein Wunder, überlegte ich, da kann er sich ja nicht wohl fühlen. Was wirklich dahintersteckte, hat mich damals nicht interessiert. Rolf erzählte mir, er wollte sich schon lange scheiden lassen.

So kam es dann auch. Man musste damals das Trennungsjahr nicht einhalten. Rolf war sehr schnell wieder frei. Lotti zog mit den Kindern fort. Es hat mich auch nicht gekümmert, wohin. Über das Scheidungsverfahren hat Rolf nie gesprochen. Das war mir auch egal. Ich hatte endlich einen Mann gefunden, der sich liebevoll um meinen Thomas und mich kümmerte. Wir suchten eine andere Bleibe. Es war eine große Wohnung im 5. Stock. Wir hatten zwei Zimmer mit Küche. Die anderen beiden Räume hatte ein junger Mann als Büroräume gemietet. Sein Name war Günter, seine Frau hieß Helga. Sie hatten gerade geheiratet und wohnten einen Stock tiefer. Diese beiden waren später meine besten Freunde. Diese Freundschaft besteht heute noch. Das sind jetzt über 40 Jahre. Aber dazu erzähle ich etwas später.

Rolf und ich heirateten etwa ein halbes Jahr später, nachdem wir unsere Wohnung eingerichtet hatten. Rolf war sehr fleißig. Wir hatten genug Geld, um ein ordentliches Leben zu führen. Ich war natürlich von Wolfgang geschieden und habe ihn auch nicht wiedergesehen. Um die Kinder hatte er sich nie gekümmert. Nun sollte sich der Wunsch nach einer richtigen Familie endlich erfüllen. Gerne hätte ich auch noch ein Töchterchen gehabt. Warum nicht? Die Voraussetzungen waren ja nun da.

Etwa ein Jahr später wachte ich am Morgen mit schlimmen Bauchschmerzen auf. Dazu hatte ich noch Blutungen. Es konnte doch nicht meine Periode sein, denn die hatte ich gerade hinter mir. Unter Schmerzen setzte ich mich ins Auto und fuhr zu meinem Frauenarzt. Er untersuchte mich, konnte aber nichts feststellen. Ich bekam ein paar Zäpfchen und sollte mich zu Hause hinlegen. Ich schaffte es kaum nach Hause. Die Schmerzen wurden immer schlimmer. Zufällig kam Rolf früher nach Hause am späten Nachmittag. Sonst kam er immer erst in den späten Abendstunden. Er nahm mich und trug mich zum Auto. Laufen konnte ich nicht mehr. Wir fuhren in das nächstliegende Krankenhaus. Ich wurde sofort untersucht. »Sofort in den OP«, hörte ich noch.

Als ich wieder erwachte, sagte mir der Arzt, ich hätte eine Eileiterschwangerschaft gehabt und wäre dem Totengräber gerade noch einmal von der Schippe gesprungen. Ich konnte das nicht verstehen, da ich doch am Morgen bei meinem Frauenarzt gewesen war, der nichts feststellen konnte. Erholt habe ich mich sehr langsam. Bei meiner Entlassung sagte man mir, dass es sehr schwierig wäre, noch ein Kind zu bekommen, da ich nur noch einen Eileiter hatte. Aber nicht ausgeschlossen. Ich war erst einmal froh, wieder zu Hause zu sein. Es würde bestimmt alles gut werden.

Doch dann war Rolf auf einmal ganz anders. Er verlangte plötzlich von mir, dass ich vor dem Sex rote Unterwäsche und hohe rote Schuhe tragen sollte. Da ich mit der Sexualität nicht viel Erfahrung hatte, schämte ich mich sehr. Er hatte auch schon die passenden Utensilien besorgt. Der klitzekleine Slip hatte auch noch zwischen den Beinen ein Loch. Also, ich wusste nicht, was ich tun sollte. Ich weiß aber, dass ich mich weigerte, diesen Kram anzuziehen. Rolf sagte nur, dann eben nicht. Er ging fort und kam den ganzen Abend nicht nach Hause. Als ich am nächsten Tag fragte, wo er denn gewesen sei, sagte nur: »Arbeiten.«

Von da an ging es bergab. Er kam immer später oder gar nicht nach Hause. Dann war er zwei Tage nicht da. Ich ging zur Polizei und meldete ihn als vermisst. Die Beamten trösteten mich und meinten, er komme bestimmt wieder. Tatsächlich tauchte er am dritten Tag wieder auf. Mit einem riesigen Rosenstrauß. Nachdem ich drei Tage geweint hatte, weinte auch er und schwor, dass so etwas nie wieder passieren würde. Natürlich glaubte ich ihm. Jetzt war ich wieder froh, alles war wieder gut. Also, heute muss ich sagen, so mancher großartige Schauspieler hätte von Rolf noch etwas lernen können. Übrigens, von der roten Unterwäsche hat er nie mehr etwas erwähnt. Ich war noch öfter bei der Polizei, um ihn als vermisst zu melden. Aber die Beamten nahmen das nicht mehr ernst. Meine Güte, war ich naiv. Ich habe doch wirklich geglaubt, das sei alles nur vorübergehend.

Eines Tages, Rolf war einmal zu Hause, da bekamen wir Besuch. Freunde von Rolf. Ein Ehepaar. Da ich nicht darauf vorbereitet war, hatte ich auch kein Bier im Haus. Rolf meinte, ich könnte ja ein paar Flaschen besorgen. Sein Freund könnte mir beim Tragen helfen. Als wir unten an der Haustür waren, merkte ich, dass ich meine Geldbörse vergessen hatte. Also stieg ich wieder nach oben in den 5. Stock. Als ich in das Wohnzimmer kam, lagen Rolf und diese Frau nackt auf dem Sofa. Sie waren so beschäftigt, dass sie mich nicht bemerkten. Ich fing an zu schreien. Ich habe getobt, geweint, ach, ich weiß nicht, was ich in diesem Moment alles geschrien habe. Rolf stand auf, stürzte sich auf mich und verprügelte mich. Danach hatte ich ein blaues Auge. Mein Gesicht war geschwollen und das Trommelfell am linken Ohr war geplatzt. Der Ehemann dieser Frau kam auch dazu. Günter kam aus seinem Büro. Helga und Günter brachten mich ins Krankenhaus. Wie die Zurückgebliebenen sich einig wurden, weiß ich nicht. In der Klinik wurde ich am Trommelfell operiert und meine Wunden wurden auch versorgt. In dieser Zeit im Krankenhaus kam mir zum Bewusstsein, dass mal wieder alles aus dem Ruder gelaufen war. Dabei hatten Rolf und ich beschlossen, meinen Berndi endlich aus dem Heim zu holen. Ich dachte auch, wie gut, dass ich kein Kind mehr bekommen hatte. Geweint habe ich viele Tage, überlegt, wie soll es nun weitergehen. Plötzlich öffnete sich die Tür meines Krankenzimmers. Zuerst sah ich einen Rosenstrauß, dann einen völlig zerknirschten Rolf. Er kniete vor meinem Bett, stammelte immer wieder Entschuldigungen und dass so etwas nie wieder vorkäme. Er hatte so einen treuen Hundeblick, dem man einfach glauben musste.

Nach meiner Entlassung ging ich wieder zurück. Rolf war wie am Anfang unserer Ehe. Zärtlich, lieb, na ja, was soll ich noch erzählen? Ich glaubte mal wieder, dass alles gut wird. Diese Zärtlichkeit hielt nur ein paar Wochen an. Rolf hatte seine Arbeitsstelle gewechselt.

Er war Kraftfahrer bei einem Spirituosenversand. Alles ging wieder von vorne los. Er verschwand wieder mehrere Tage. Bei der Polizei ließ ich mich aber nicht mehr blicken, es wäre doch zu peinlich geworden. Wenn er einmal zu Hause war, hatte er besonders in den Abendstunden immer viel zu tun. Also, das lief so ab: Er kam nach Hause und nach 20 Uhr musste er wieder weg. Weit nach Mitternacht kam er wieder nach Hause. Total erschöpft. Das kam mir sehr merkwürdig vor. Inzwischen hatte ich ja gelernt, mir ein Misstrauen aufzubauen. So beschloss ich, Rolf einfach einmal hinterherzufahren. Rolf lenkte seinen Wagen in die Richtung seiner Firma. Ich hielt mich ziemlich zurück, gerade noch so, dass ich ihn nicht aus den Augen verlor.

Dann bog er in die Einfahrt seiner Firma ein. Gleich danach bog eine Polizeistreife ebenfalls hinterher. Mir wurde übel, denn ich ahnte, was Rolf jetzt dort noch wollte. Ich hielt meinen Wagen an und parkte etwas entfernt und ging zu Fuß den gleichen Weg, den die Wagen eingeschlagen hatten. Als ich dort ankam, sah ich, wie Rolf in Handschellen von der Polizei abgeführt wurde. Ich fuhr der Polizeistreife hinterher. Dort erfuhr ich dann die schreckliche Wahrheit. Rolf hatte seinem Chef die Schlüssel gestohlen und über einen sehr langen Zeitraum sich an den Spirituosen und allem Möglichen vergriffen.

Die Sachen, die er gestohlen hatte, verkaufte er noch am gleichen Abend an verschiedene Gaststätten. Er hatte sich regelrecht einen Kundenstamm aufgebaut. Sein Chef wurde irgendwann misstrauisch, da die Schlüssel auch verschwunden waren und auch immer Ware fehlte.

Bei der Gerichtsverhandlung erfuhr ich, dass mein Mann kein unbeschriebenes Blatt war. Er war mehrmals vorbestraft. Rolf musste für lange Zeit ins Gefängnis. Ich habe ihn dort immer besucht, in der Hoffnung, wenn er seine Strafe verbüßt hat, wird alles gut.

Wenn ich heute darüber nachdenke, wie blöd muss man eigentlich sein, um einem solchen Mann noch etwas zu glauben?

Nach seiner Entlassung ein neuer Versuch. Rolf bekam eine Stelle in einer Käsegroßhandlung. Es dauerte nicht lange und das Ganze begann von vorne. Sein Chef hat ihn sofort entlassen, ohne Anzeige. Ich habe ihn dann auch entlassen – für immer.

7

Der Chef von Rolf hieß Ole. Er war ein angenehmer Mann. Er erzählte, dass er aus Dänemark komme. Wir haben uns ein paarmal zum Essen verabredet. Anscheinend gefiel ich ihm. Mein Interesse war nicht groß. Zu viel hatte ich erlebt, diese furchtbaren Enttäuschungen. Ole war von der Erscheinung ein durchschnittlicher Typ. Er hatte ein richtiges Milchgesicht. Nicht, dass ich besonders auf Äußerlichkeiten geachtet hätte, es war nur meine geheime Feststellung. Bald stellte ich unsere Verabredungen wieder ein. Ich hatte einfach Angst, zudem noch große Sorgen, wie meine Kinder und ich zurechtkommen. Und kann ich ihnen einen anderen Mann zumuten? Was sind das für Gedankengänge, hatte ich wirklich aufgegeben, noch einmal eine glückliche Familie zu haben? Nein, ganz im Inneren war der Wunsch noch immer präsent. Irgendwann lief Ole mir wieder über den Weg. Er hatte sich verändert, fast hätte ich ihn nicht erkannt. Er trug einen Bart. Ich weiß nicht, wie ich es sagen soll, aber er wirkte viel männlicher, er hatte nicht mehr dieses Milchgesicht und strahlte eine Zuverlässigkeit aus, die ich vorher nicht bemerkt hatte. Ich wusste, er liebte klassische Musik, so wie ich. So lud er mich in die Oper ein. Es war ein schöner Abend. Zum Abschied küsste er mich zart auf die Wange. Als ich in meiner Wohnung war, also ich war ziemlich durcheinander. Wir trafen uns wieder. Ole schlug vor, wir könnten doch auch etwas mit den Kindern unternehmen. Ich war begeistert, die Kinder auch. Sie mochten den Ole. Sie fragten immer wieder: Wann kommt der Ole wieder? Mein Bernd war zu diesem Zeitpunkt öfter bei mir. Er lebte inzwischen in einer

Pflegefamilie. Dort ging es ihm gut. Er hatte alles, was ich meinem Thomas nicht bieten konnte. Trotzdem war ich sehr unglücklich, dass er nicht immer bei mir war. Ole und ich waren nun schon fast ein Jahr ein Paar. Eines Tages fragte er mich, ob ich seine Frau werden wollte. Ich sagte sofort Ja. Jetzt ging wohl endlich mein Traum in Erfüllung. Ole wollte auch die Kinder adoptieren und auch eigene haben. Also heirateten wir. Es war eine schöne Hochzeit. Oles Verwandte, seine Eltern und Freunde reisten aus Dänemark an. Natürlich ließen meine Mutter und mein Stiefvater sich dieses Ereignis nicht entgehen. Ich wollte sie nicht dabeihaben. Aber wie hätte das ausgesehen? Die Braut ohne Eltern. Ole hatte eine große Familie. Also musste ich in den sauren Apfel beißen. Es ging alles gut. Sogar mein Stiefvater benahm sich ordentlich. Zur Adoption brauchten wir die Einwilligung von Wolfgang. Ein Notar hatte schon alles vorbereitet. Er war nie zu Hause. Also klapperten wir sämtliche Kneipen ab, die ich kannte. Tagelang liefen wir durch die Straßen und tatsächlich fanden wir ihn. Er war wieder betrunken. Er hat aber sofort verstanden, durch die Unterschrift war er alle Verpflichtungen los. Die Kinder hatten ihn nie interessiert und Unterhalt zahlte er auch nicht. Nun konnte alles endlich seine Ordnung haben. Und so war es dann auch.

Leider läuft in meinem Leben nichts glatt ab. Es stellte sich kein Nachwuchs ein. Bei mir war alles in Ordnung, sagte der Arzt. Nun musste sich Ole untersuchen lassen. Es dauerte eine Zeit, bis das Ergebnis kam. Ole war nicht zeugungsfähig. Das war ein harter Schlag für uns beide.

*

Während ich so sitze und schreibe, mache ich öfter eine Pause. Ich überlege: Warum ist das so, dass bei mir immer alles schiefläuft?

Liegt es wirklich daran, dass mein Wunsch, endlich rundherum glücklich zu werden, so stark ist, dass ich vieles falsch gemacht habe, ohne mir dessen bewusst zu sein? Ich habe mich immer unzufrieden gezeigt, und man sah es mir an. War ich undankbar? Denn ich weiß, es geht vielen Menschen schlechter als mir. War ich zu egoistisch? Habe ich immer nur mich gesehen? Ich weiß es nicht. Oder lag es daran, dass ich ein ungewolltes Kind war, wie meine Mutter mir oft gesagt hat? Viele Fragen, aber keine Antwort.

*

Ole und ich lebten trotz dieser Enttäuschung gut miteinander. Es war eine gute, stille Ehe, ohne Höhen und Tiefen. Wir waren schon über 20 Jahre ein Paar. Plötzlich veränderte sich Ole. Er wirkte auf mich immer unzufriedener. Ich fragte natürlich, ob ihn etwas bedrücke, aber er sagte immer, es sei alles in Ordnung. Dann kamen die Abende, an denen er nicht mehr pünktlich nach Hause kam. Manchmal mitten in der Nacht und auch oft gar nicht. Wenn er kam, war er immer betrunken. Er erzählte, er wäre nicht zufrieden mit seiner Arbeit und alles hing ihm zum Hals heraus.

Es wurde immer schlimmer. Ich hörte, er habe Frauengeschichten. Also, das habe ich nie geglaubt. Er war doch immer zuverlässig und verurteilte Menschen, die so etwas tun. Aber dann erledigte sich alles von alleine.

Es war Weihnachten. Gemütlich wie immer am Heiligen Abend. Am ersten Feiertag machten wir immer mit unseren Nachbarn einen Frühschoppen. Es war ein schöner Wintertag. Die Nachbarn beschlossen, dass sie unbedingt frische Luft brauchten. Wir beschlossen, auf dem nahe gelegenen See Schlittschuh zu laufen. Bis auf eine Nachbarin, es ging ihr nicht so gut, und Ole wollte auch nicht, zogen wir los. Wir hatten viel Spaß. Die Sonne schien und das Eis war gut.

Es war ein gelungener Nachmittag. Alle waren müde und wollten vor dem Abendbrot noch ein Schläfchen halten.

Es war ein paar Tage nach Weihnachten, als die Nachbarn mich heimlich beobachteten. Auch in dem kleinen Supermarkt wurde hinter meinem Rücken getuschelt. Eine Erklärung hatte ich nicht dafür. Aber dann wurde mir von einer Dorfbewohnerin erzählt, was sich am ersten Weihnachtstag zugetragen hatte: Mein Mann, der liebe Ole, für den ich die Hand ins Feuer gelegt hätte, war an diesem Nachmittag mit der ebenfalls zu Hause gebliebenen Nachbarin im Bett. Sie selbst hatte es überall erzählt. Man kann sich vorstellen, wie mir zu Mute war. Ich habe es auch nicht geglaubt. Ich dachte: Nicht schon wieder. Mir wurde ganz heiß und Tränen liefen über mein Gesicht. Eine Weile lief ich kreuz und quer durch das Dorf und wusste nicht, was ich tun sollte. Ich musste Ole fragen.

Ole sah mich an und sagte, es sei die Wahrheit. Es tat im Leid, dass es passiert war. Für mich bedeutete es Trennung. Wie später herauskam, war es nicht das erste Mal. Mein Mann sagte: »Lass es uns einfach vergessen und von vorne anfangen.« Ich fragte mich: »Was habe ich falsch gemacht?«

Wenn ich mich selbst beschreiben müsste, was nicht so einfach ist, so würde ich sagen: Für mich gibt es nur eine gerade Linie, ohne Ecken und Kanten, und ehrlich. Ich hatte auch noch nie Verständnis für derartige Ausschweifungen. Aber auf keinen Fall langweilig, im Gegenteil. Für jeden Unfug und Spaß bin ich zu haben. Man kann mit mir Pferde stehlen. Ole war ein sehr ruhiger Mann. Er schüttelte oft den Kopf, wenn ich meine drolligen Minuten hatte. Wenn andere über meine Späße lachten, saß er nur mit ernster Miene da.

Ich wollte die Scheidung. Mein Sohn Thomas sagte: »Es ist nicht richtig, was du vorhast. Eine Frau hat dem Mann zu gehorchen, da sie ja das kleinere Gehirn hat.« Ich war sprachlos und versuchte, ihm diesen Unsinn auszureden. Es war nichts zu machen. Thomas beharrte auf seiner Meinung. Ole und ich hatten nur einen Rechtsanwalt. Wir wollen nicht im Streit auseinandergehen. Wir hatten nach der Scheidung immer noch telefonischen Kontakt. Zum Geburtstag schickte er Blumen. Wenn er in Urlaub fuhr, bekam ich Grüße. Die bittere Pille, die ich schlucken musste, war, Thomas hat nie wieder ein Wort mit mir gesprochen. Ich habe ihn nie wiedergesehen. Mit dem Zählen der Jahre ohne Kontakt habe ich aufgehört. Es müssten ca. 25 Jahre sein. Ole lebt in einer andern Stadt. Thomas besucht ihn immer, wenn es möglich ist. So wusste ich wenigstens, dass es meinem Jungen gut geht.

Das änderte sich, als Ole wieder geheiratet hat. Die Frau hat ihm jeden Kontakt mit mir verboten. Natürlich versuche ich immer noch, meinen Jungen zu sehen, oder ich schreibe Karten und Briefe. Alles kommt ungeöffnet an mich zurück. Meine Freundin lebt in der gleichen Stadt. Sie kennt die neue Frau. So bekomme ich wenigstens kleine Informationen. Oft frage ich mich, warum ich nicht tolerant sein kann. Denn dann hätte ich mit Ole alt werden können. Wenn ich so die Medien beobachte, so ist doch ein Seitensprung nichts Besonderes. (Leider.)

8

Ich war sehr lange traurig. Wieder stand ich vor einem Scherben-
haufen. Was sollte ich tun? Inzwischen hatte ich mein Examen in
Altenpflege gemacht. Zuerst stürzte ich mich in meine Arbeit. Es war
mir nichts zu viel. Überstunden oder Wochenendarbeiten – egal.
Es lenkte mich ab. Ich arbeitete damals in einer Sozialstation. Den
ganzen Tag fuhr ich mit meinem Wagen zu pflegebedürftigen Patienten. Die Arbeit machte mir Freude. Wenn ich helfen konnte
und die Patienten zufrieden waren, war ich es auch. Oft war ich bis
in die späten Abendstunden unterwegs. Eines Tages wurde ich zu
einer neuen Patientin geschickt. Wir haben uns vor Ort erst einmal
umgeschaut: Wie sind die Verhältnisse? Ich traf auf einen Mann,
der mit seiner Mutter in einem großen Haus lebte. Die Mutter lebte
im Obergeschoss und der Mann lebte in den unteren Räumen. Ich
klingelte, der Mann ließ mich herein. Ich betrat die Wohnung und
sah, dass die Räume leer waren. Ich muss wohl verwundert geschaut
haben. Dann wurde ich aufgeklärt. Er erzählte, dass seine Frau ihn
von einem Tag auf den anderen verlassen habe und die gesamte Einrichtung mitgenommen hatte. Er sei am Morgen noch zur Arbeit
und als er am Abend nach Hause kam, war alles verschwunden. Er
hatte Tränen in den Augen, während er erzählte. 17 Jahre waren sie
verheiratet, dann kam ein anderer und sie ging einfach weg. Seine
Frau hatte sich um die Mutter gekümmert. Wie sollte es nun weitergehen? Zunächst gingen wir nach oben. Die Mutter freute sich, dass
Besuch kam. Schnell merkte ich, dass sie Demenz hatte. Sie war lieb
und drückte mich. Sie war einen ganzen Kopf kleiner als ich, hatte
wunderschöne blaue Augen und strahlte. Sie ergriff die Hand von

ihrem Sohn und ließ nicht wieder los. Der Sohn erzählte mir, er habe seinen Eltern versprochen, dass sie niemals in ein Altenheim müssten.

Der Vater war schon gestorben.

Nach meiner Meinung hätte die liebe alte Dame aber in ein Heim gemusst. Der Sohn hatte schon die Knöpfe vom Herd abdrehen müssen, da schon fast ein Brand entstanden wäre. An dem Balkon war ein Schloss, damit ihr nichts passieren konnte. Vieles war verriegelt. Es war einfach schrecklich. Ich sagte, ich müsse erst einmal mit der Leiterin der Sozialstation sprechen. Er war nicht bereit, die Mutter in ein Heim zu geben. Aber arbeiten musste er auch. Die Leiterin war nicht so begeistert. Die Schwestern waren alle mehr als genug ausgelastet. Trotzdem wollten wir es probieren. Es gestaltete sich sehr schwierig. Die alte Dame war die meiste Zeit alleine. Wenn eine der Schwestern kam, weinte sie immer. Solange jemand bei ihr war, strahlte sie.

Der Sohn gab sein Bestes. Er wusch die Wäsche und kochte. Ich habe diesen Mann bewundert. Welcher Sohn opfert sich schon so auf? Man erlebt so etwas sehr selten in unserem Beruf. Wenn wir kamen, war er meist schon zur Arbeit. Am Nachmittag, wenn ich einkaufen ging, nahm ich die alte Dame oft mit. Sie war dann sehr glücklich. Den Sohn sah ich nur selten. Eines Morgens, als ich kam, um der alten Dame zu helfen, war er zu Hause. Es bedankte sich bei mir und den anderen Schwestern für die gute Hilfe für seine Mutter. Ich dachte so für mich: Das muss ein guter Mensch sein. Die Mutter war sein Heiligtum. Wir alle zusammen taten alles, um der alten liebenswerten Dame das Leben zu erleichtern.

Auch ich bekam langsam wieder ein wenig Freude am Leben. Zwar quälte mich die Einsamkeit sehr, besonders am Abend. Fernsehen hat mich etwas entschädigt. Durch meine Arbeitswut wurde ich aber auch schnell müde. Am Morgen alleine zu frühstücken, war auch schlimm. Immer war ich die Erste, die zur Arbeit kam. Bloß raus und unter Menschen.

Der Sohn der liebenswerten alten Dame bedankte sich oft bei uns mit kleinen Geschenken. Er war so dankbar, dass wir uns gut um seine Mutter kümmerten. Ich weiß es noch genau, ich hatte Wochenenddienst und fuhr zu der alten Dame.

Der Sohn war zu Hause und freute sich, dass er auch einmal eine der Schwestern persönlich sehen konnte. Denn sonst wirkten wir ja mehr im Hintergrund. Als ich mit der Pflege fertig war, rief er mir aus der Entfernung zu, ob er mich einmal zum Essen einladen dürfe. Ich nickte nur und nahm das nicht so ernst, fuhr weiter zu meinen Patienten.

9

Tatsächlich lag eines Tages eine Einladung für mich bereit. Ich war sprachlos. Längst hatte ich vergessen, was er mir aus der Entfernung zugerufen hatte. Wir fuhren in ein Steakhaus. Da ich gerne Steak esse, freute ich mich sehr. Vorher hatte ich allerdings so meine Bedenken. Wieder ein Mann – so komisch das jetzt klingen mag, ich hatte inzwischen Angst vor Männern. So ähnlich wie: Die wollen doch alle nur dasselbe und sie taugen doch alle nichts. Sie lügen, betrügen und sind hinterhältig. Aber neugierig war ich auch. Es wurde ein sehr schöner Abend. Wir haben uns wunderbar unterhalten. Es war so, als würde ich diesen Menschen schon länger kennen. Es war so eine Vertrautheit da, ja, so als könnte man sich richtig wohl fühlen in seiner Gegenwart. Lange Zeit hörte ich nichts mehr. Plötzlich lag nach ca. 4 Wochen wieder eine Einladung da. Jetzt wurde mir das doch ein bisschen peinlich. Vor allen Dingen musste ich jetzt meine Vorgesetzte informieren, denn solche Treffen sind nicht erlaubt. Doch dann sagte ich mir: Hast du immer noch nicht genug? Was hat es am Ende gebracht? Nur Kummer und Leid. Aber ich muss gestehen, für mich ist es unvorstellbar, alleine zu leben. Es ist schön, Freude, Sorgen, alles, was man erlebt, mit jemandem zu teilen. Es muss doch nicht immer ein Mann sein. Das war für mich eine völlig neue Erkenntnis. Besonders der Gedanke, eine glückliche Familie zu haben, wird sich doch nie erfüllen. Gerade dann nicht, wenn man sich, wie ich, ganz und gar darauf fixiert hat. Auf der anderen Seite sagt man aber auch: Wenn man sich etwas so sehr wünscht, dann geht es auch in Erfüllung. Bei mir hat es nicht geklappt. Ich denke, das ist doch alles Quatsch. Aber immer alleine, das wollte ich auch nicht. In meinem Beruf habe ich es immer wieder erlebt, wie traurig es ist, wenn man gerade in den letzten Lebensjahren alleine ist. Also habe ich versucht, mit allein stehenden Frauen etwas aufzubauen. Natürlich bin ich wieder einmal kläglich gescheitert. Entweder hatten die Frauen zu viel Geld, da konnte ich nicht mithalten, oder zu wenig. Vielleicht doch der Sohn meiner Patientin? Was soll schon passieren? Schlimmer konnte es nicht werden. Was ist schon dabei, eine Einladung zum Essen oder ins Theater? Alles harmlos. Wir verstanden uns gut und hatten auch die gleiche Wellenlänge. Ich hatte ihn inzwischen auch lieb gewonnen und freute mich auf jedes Zusammentreffen. Nach einem Jahr fragte er mich, ob ich nicht zu ihm ziehen wollte, das Haus sei doch groß genug. Um den einsamen Abendstunden zu entfliehen, sagte ich Ja. Wir lebten schon drei Jahre zusammen.

Es war eine schöne Zeit. Wir hatten tolle Reisen gemacht, verstanden uns prächtig. Als er mich fragte, ob ich seine Frau werden wollte, sagte ich Ja. Es war eine stille Hochzeit. Niemand wusste davon, nicht einmal die engsten Verwandten von ihm. Nur unsere Trauzeugen. Nach der Hochzeit flogen wir nach Australien und blieben zwei Monate fort. In Australien mieteten wir uns ein Wohnmobil und fuhren durch dieses wunderbare Land. Ich weiß heute noch jede einzelne Geschichte. Jedes Tier, jeden Vogel, einfach alles. Es ist, als wäre es gerade erst gewesen. So lebten wir voller Liebe und Vertrauen 12 Jahre miteinander.

10

Eines Abends kam mein Mann nach dem Duschen zu mir und zeigte mir eine Stelle in der Leiste – einen Knoten. Ich weiß noch, dass ich sagte, der gehört da nicht hin. Gleich am nächsten Tag waren wir beim Arzt. Der schickte meinen Mann sofort in ein Krankenhaus. Nach vielen Untersuchungen und Gewebeproben stellte sich die Diagnose Lymphdrüsenkrebs. Für uns unglaublich. Ich sagte, das schaffen wir schon. Es begann eine schwere Zeit. Mit Chemo und Bestrahlungen. Mein Mann verlor immer mehr an Gewicht, die Haare fielen aus. Trotz allem waren wir voller Zuversicht. Nach zwei Jahren hatte er es geschafft. Der Krebs hatte sich zurückgebildet. Wir genossen jeden Tag und waren glücklich und machten wieder wundervolle Reisen. Mein Mann musste zwar alle drei Monate zur Kontrolle, dann nur noch alle sechs Monate. So vergingen weitere drei Jahre. Er fühlte sich wohl und gesund. Sie können sich vorstellen, wie mir zu Mute war, fast hätte ich das Liebste verloren, was ich hatte, meinen Edmund. Mein Kind war auch froh, dass es mir endlich gut ging und ich glücklich war. Die beiden gingen inzwischen zwar ihre eigenen Wege, aber Bernd und ich haben sehr guten Kontakt. Leider nicht mit Thomas. Ich weiß nur, dass es ihm gut geht. Mit 6 Jahren habe ich Thomas im Fußballverein angemeldet. Es war sein großer Wunsch. Bis heute ist er dem Fußball treu geblieben. Er hat seinen Trainerschein gemacht. Am liebsten trainiert er die Mini-Buben. Es macht ihm viel Freude. Ich weiß nur dürftige Nachrichten, aber ich bin froh, wenn ich überhaupt etwas höre. Beide Jungs sind nicht verheiratet. Oft frage ich mich: Ist es meine Schuld? Durch mein Vorleben haben beide Angst, sich zu binden.

Bernd behauptet, er ist froh, dass er alleine ist. »Mutter, mach dir keine Gedanken«, sagt er. »Mir geht es gut. Ich kann machen, was ich will. Manchmal denke ich, zu zweit wäre es schöner«, sagt er, »aber ich habe fast nur Negatives erlebt.« Ich weiß, dass Thomas genauso denkt. Bin ich doch schuld oder haben die beiden wirklich nur Negatives gesehen? Es sind ordentliche Jungs, sie rauchen und trinken nicht und gehen ihrer Arbeit nach. Sie haben beide einen großen Freundeskreis. Aber ich mache mir schon große Gedanken. Meine Güte, wenn das wirklich meine Schuld ist? Es ist gut, dass ich es nicht genau weiß. Eines möchte ich doch wissen: Was geht in Thomas vor? Er war immer ein so guter und lieber Junge. So anhänglich. Wie kann es möglich sein, dass man von heute auf morgen plötzlich keine Mutter mehr haben will? Ich denke oft, dass seine Gedanken bei mir sind. Ich spüre das. Auch glaube ich, dass er inzwischen sehr wohl überlegt hat, dass das, war er getan hat, zu voreilig war. Aber er hat einen fürchterlich sturen Kopf. Es könnte doch alles so schön sein. Vielleicht gibt es doch noch ein Wunder. Ich werde nie aufgeben, in diese Richtung zu denken.

11

Ich kehre nun wieder zurück in mein Leben mit Edmund. Wir hatten eine Reise nach Kenia geplant und freuten uns schon sehr. Vor der Reise musste Edmund wieder zur Kontrolluntersuchung, die wir beide schon für überflüssig hielten. Nach der üblichen Untersuchung mussten wir zu dem behandelnden Arzt in sein Sprechzimmer. Am Gesicht des Arztes ahnte ich, dass irgendetwas anders war. Er sagte uns, der Krebs sei zurückgekommen. Edmund und ich schauten uns ungläubig an. Dann sagte der Arzt, Edmund müsse sofort ins Krankenhaus und schnell eine Behandlung machen. Das bedeutete wieder Chemotherapie. Wir schaffen das, sagten wir zueinander. Es hatten sich in seinem Körper Tochtergeschwulste gebildet. Edmund wurde noch eine Strahlentherapie verordnet. Nach ein paar Wochen hatte sich der Krebs zurückgezogen. Die Geschwulste waren kleiner geworden. Die Blutwerte waren stabiler, doch nicht so gut, dass man von Heilung sprechen konnte. Unsere Reise nach Kenia mussten wir absagen. Edmund und ich haben nie über die Erkrankung gesprochen. Er war fröhlich, sah gesund aus. Wenn man es nicht gewusst hätte, angesehen hat man es ihm nicht. Vor allem unser positives Denken hat uns Kraft gegeben. Also war an aufgeben nicht zu denken. Nach ein paar Wochen sah alles wieder besser aus.

Trotzdem hatten wir große Angst. Einer sah es dem anderen an, aber wir wollten nicht darüber sprechen.

Edmund musste nun alle sechs Wochen zur Untersuchung. Wir saßen wieder im Arztzimmer. Ich weiß noch, ich hatte ein komisches Gefühl, vom Bauch bis zum Hals. Der Arzt kam, man sah es ihm im Gesicht an, dass er keine guten Nachrichten hatte. Mein Mann war austherapiert. Edmund fragte: »Wie lange noch?« Der Arzt sagte: »Ein paar Wochen oder Monate.«

Die ganzen Jahre war ich ruhig und besonnen nach außen, aber jetzt war es vorbei. Ich bekam einen Weinkrampf. Mein Mann legte beide Arme um mich, sagte kein Wort. In meinem ganzen Leben habe ich noch nie so geweint. Meine Tapferkeit war vorbei. Am Abend sahen wir im Fernsehen eine Sendung über einen Arzt, der schon vielen austherapierten Patienten geholfen hatte. Für mich war es der letzte Strohhalm, nach dem ich griff.

Wir nahmen unser letztes Geld und fuhren in die Pfalz in diese Klinik. Eine Woche kostete 5.000 DM. Edmund wurde behandelt und es ging aufwärts. Die Werte besserten sich und meinem Mann ging es von Tag zu Tag besser. Nach vier Wochen fuhren wir nach Hause, mit der Auflage, nach 14 Tagen noch einmal wiederzukommen. Zu Hause gingen wir noch einmal in die Klinik und Edmund stellte sich dem Arzt vor, der ihn die ganze Zeit behandelt hatte. Der Arzt war fassungslos. Mein Mann sah gut aus, wie in seinen besten Zeiten. Der Arzt ließ sich genau berichten, was sich in den letzten Wochen ereignet hatte. Ich weiß nicht, ob Edmund es bemerkt hat, aber ich habe Zweifel in den Augen des Arztes gesehen, die ich mir nicht erklären konnte. Wir fuhren bald wieder in die Pfalz und mein Mann wurde weiterbehandelt. Plötzlich bekam Edmund hohes Fieber, und so schnell, wie es kam, war es wieder verschwunden. Wir gingen spazieren und ich bemerkte, dass Edmund mit den Schuhen schlurfte und dass er nicht mehr weit gehen konnte. Ich bekam schreckliche Angst. An diesem Abend flatterte ein Vogel in unser Zimmer. Meine Großmutter hatte mir einmal erzählt, wenn so etwas geschieht und ein Kauz in der Nacht schreit, bedeutet das den Tod. Tatsächlich schrie in dieser Nacht ein Kauz vor unserem

Fenster. Edmund bekam einen Fieberschub nach dem nächsten. Ich packte ihn ein. Ein Pfleger half mir, meinen Mann zum Wagen zu bringen. Ich fuhr so schnell ich konnte nach Schleswig-Holstein zurück. Die Tage, die nun folgten, waren schlimm. Der Hausarzt kam jeden Tag und legte Infusionen. Edmund konnte nicht mehr essen und trinken. An einem Abend wollte ich ihn aus dem Bett holen und in das Wohnzimmer setzen. Auf dem Weg dorthin brach er zusammen und verlor das Bewusstsein. Meine Nachbarin half mir, Edmund vom Fußboden aufzuheben, und rief den Krankenwagen. Dann folgten schreckliche 14 Tage. Jeden Tag, bis in die Nacht hinein, saß ich am Bett meines Mannes. Ich konnte ihn nicht mehr mit nach Hause nehmen. An einem Freitag fuhr ich gegen 4 Uhr morgens erschöpft nach Hause. Um 7 Uhr klingelte das Telefon und man sagte mir, mein Mann sei verstorben. Ich hörte nur immer das Wort: verstorben, verstorben. Man fragte, wann ich meinen Mann noch einmal sehen wollte. Ich wollte nicht. Meinen Edmund tot zu sehen, dazu hatte ich keine Kraft mehr. Bis zuletzt hatte ich auf ein Wunder gehofft. Die Ärzte hatten immer mitleidig den Kopf geschüttelt. Tränen hatte ich keine mehr, ich war wie erstarrt. Auch auf der Beerdigung konnte ich nicht weinen und wollte nur schnell weg von dem Friedhof. Meine Freunde Helga und Günter blieben bei mir. Sie hatten Angst um mich und riefen den Arzt. Er gab mir eine Spritze. Danach schlief ich ein paar Stunden.

Weihnachten, unser letztes gemeinsames Fest. Wir taten alles, um es so schön wie möglich zu machen. Mir war der Hals wie zugeschnürt, aber ich versuchte, tapfer zu sein. Ich weiß, dass es Edmund genauso erging. Wir schauten uns an und fingen beide an zu weinen.

12

Nun war wieder Weihnachten. Helga und Günter holten mich zu sich nach Hause. An diesem Heiligen Abend passierte es. Günters und Helgas Tochter war zu dieser Zeit hochschwanger. Plötzlich bekam sie Wehen. Es begann ein fürchterliches Durcheinander. Schließlich landeten wir alle im Krankenhaus. Es ging alles ganz schnell, sie bekam noch in der gleichen Nacht ein kleines Mädchen. Wir freuten uns und lachten alle. Es ging dann wieder nach Hause und dort haben wir ordentlich gefeiert. Für mich war es so, als sei ein Knoten geplatzt. Ja, ich konnte wieder lachen. Aber ich musste ja wieder nach Hause. Wie sollte es nun weitergehen? Günter gab mir noch gute Ratschläge. Ich musste sie nur noch umsetzen. Nicht so einfach.

In dem Haus, in dem wir so glücklich waren, wollte ich nicht mehr bleiben. Wenn ich in den Garten ging, hörte ich ihn oft nach mir rufen. Aber nicht wieder in dieses tiefe Loch fallen. Also musste ich etwas tun.

Ich verkaufte das Haus. Das war nicht so einfach, aber ich schaffte es. Dann nahm ich mir eine Wohnung in einem anderen Ort. Da ich während Edmunds Krankheit fast alle Kontakte abgebrochen hatte, war es schwer, wieder anzuknüpfen.

Eigentlich klappte es nicht. So begann ich Tagestouren mit dem Bus zu machen, in der Hoffnung, mir wieder ein soziales Umfeld aufzubauen. Aber das wurde auch nichts. Die meisten der Fahrgäste waren miteinander befreundet, wir kamen alle aus dem gleichen Ort.

Was ich auch begann, es war einfach falsch. Nichts sollte klappen. Wieder stürzte ich mich in meine Arbeit. Ich dachte, wenn ich anderen Menschen helfe, wird auch für mich wieder die Sonne scheinen. Dass ich völlig erschöpft war, merkten meine Kolleginnen und Kollegen. Nur mit Mühe konnte ich noch meine Arbeit bewältigen. Sie schickten mich zum Arzt, der mich sofort krankschrieb. Nun saß ich alleine zu Hause. Ich konnte nur noch weinen, war schlapp und müde. Heute würde ich sagen, lebensmüde. Der Arzt erkannte, dass er nicht mehr mit Medikamenten helfen konnte. Er machte sich große Sorgen und wies mich in eine psychosomatische Klinik ein.

13

Dort blieb ich eine sehr lange Zeit. Die Ärzte und Schwestern be-
mühten sich sehr um mich. Doch mein Lachen und meine Fröhlichkeit hatte ich verloren. Besuch bekam ich nie. Nicht einmal
Edmunds Geschwister kamen. Man war sich wohl einig, dass es
keinen Zweck hatte. Zu dieser Zeit ging ich oft in die Kranken-
hauskapelle. Ich suchte nach dem »Warum«, wollte Antworten
von Gott. Wieso hat der gütige Vater im Himmel das alles zugelassen? Wieso musste ich durch so eine Hölle gehen? Warum hat er
mir auch noch meinen Edmund genommen? Ich fragte den Pfarrer:
»Warum hat Ihr gerechter Gott so etwas zugelassen?« Der Pfarrer
sah die große Verzweiflung, las aus der Bibel und versuchte mich zu
trösten. Ich verstand kein Wort von dem, was er redete. Im Gegenteil, ich wurde böse, beschimpfte den Pfarrer und bezichtigte ihn
der Lügereien. Der Pfarrer war ratlos und verabschiedete sich mit
den Worten: »Viele Tränen sind noch nicht geweint.« Aber ich
konnte nicht mehr weinen. Wieder war ich erstarrt. Ich sah nicht,
dass andere Menschen das gleiche Leid erlebten. Ich glaubte, ich sei
der Einzige auf der Welt, dem großes Unrecht geschieht.

Ich habe viel Zeit mit Psychologen und Gruppentherapien verbracht. Ich sah auch die große Mühe, die sich jeder in der Klinik
mit mir machte. Trotzdem hatte ich das Gefühl, dass alles nicht half.
Nach einiger Zeit ging ich im Krankenhaus an einem Blumenladen
vorbei und kaufte einen wunderschönen Blumenstrauß. Mit den
Blumen ging ich zur Station zurück, suchte eine Vase, stellte sie hinein und trug sie in das Stationszimmer. Dort stellte ich sie auf den
Schreibtisch. Jedes Mal, wenn die Blumen verwelkt waren, kaufte

ich neue und stellte sie an die gleiche Stelle. Ich sprach mit niemandem darüber. Was ich aber nicht wusste: Man beobachtete mich. Man ahnte oder wusste, dass eine Veränderung mit mir vorging. Ich selbst merkte nichts davon. Weiter ging ich meinen therapeutischen Maßnahmen nach, denn dort war ein Muss dahinter. Ich dachte: Es ist doch egal, was ich tue, mein Leben ist ohne meinen Mann nichts mehr wert. Ich tat alles, was man von mir verlangte. Es gab Einzelgespräche, doch die Therapeutin sprach immer alleine. Ich ließ mich auf kein Gespräch ein. Auch die gemeinsamen Gespräche mit anderen Patienten und Therapeuten brachten mir nichts. Ich hörte zu, gab aber selbst keinen Kommentar ab. Die Sorgen der anderen interessierten mich nicht. Ich war es doch, die das Liebste verloren hatte. Was nutzten die ganzen Therapien?

Eines Tages musste ich zu einem Bastelkurs. Was soll das?, dachte ich. Gebastelt hatte ich noch nie und Talent auch nicht. Eine Lehrerin hatte einmal zu mir gesagt, ich hätte zwei linke Hände und eine Nähnadel sei für mich eine Mistgabel. Ich dachte: Na prima, das wird sowieso nichts. Man merkt sehr deutlich an meiner Geschichte, ich wollte gar nicht, dass mir etwas Freude macht. Ich wollte mir nicht helfen lassen. Nur an mich habe ich gedacht. Die Blumen im Stationszimmer sollte doch nur ein Dank für die Mühe sein, die sich alle mit mir machten. Aber die Therapeuten sahen etwas anderes darin, nämlich Hoffnung für mich. Dass ich doch auch noch an etwas anderes denken konnte, ohne es zu bemerken. Ich betrat mit den anderen Patienten einen Raum. Dort waren Holzgestelle aufgestellt. Darüber waren Seidentücher gespannt. Ich sah, dass manche Patienten diese Tücher bemalten. Es sah wunderschön aus. Die bunten Farben und die Motive gefielen mir sehr. Ja, ich war ganz begeistert. Die Therapeutin erklärte in kleinen Schritten, was ich zu tun hatte und dass es sich um Seidenmalerei handelte. Davon hatte ich noch nie gehört. Das Tuch, welches ich malen sollte, war schon vorgezeichnet. Es waren Rosen. Die Therapeutin erklärte, was zu tun sei, damit die Farben nicht ineinanderlaufen. Zitternd hielt ich den Pinsel in der Hand und dachte: Versuchen kann ich es ja einmal. Ich begann langsam mit dem Malen. Ich zeichnete eine wunderschöne rote Rose. Ich dachte: Aber da fehlen noch der Stiel und die Blätter, die brauchen aber eine andere Farbe. Was ich noch nie getan hatte: Ich ging alleine zu einem Tisch, wo die Farben standen, und holte mir das, was ich meinte zu benötigen. Ich hatte nach zwei Stunden eine so schöne Rose auf das Tuch gebracht, dass ich mich freute. Die Therapeutin erklärte, wenn ich auch andere Motive malen möchte, dürfe ich die Tücher behalten. Die Zeit war zu Ende und ich musste wieder zur Station zurück. Ich weiß noch, das ich mit leichten Schritten in mein Zimmer gegangen bin und gelächelt habe. Ich freute mich schon auf die nächste Seidenmalereistunde. Leider war diese Therapie nur zweimal in der Woche. Ich fragte im Stationszimmer, ob ich nicht öfter zum Malen gehen dürfe. Ich durfte. Man hatte immer einen Platz für mich frei. Ich wusste nicht, wie erleichtert Ärzte und Schwestern waren, dass sich nach Jahren endlich etwas bewegte. So ging ich oft schon am frühen Morgen zum Seidenmalen. Zum Mittagessen kehrte ich zur Station zurück. Danach ging ich bis zum Abend wieder zurück. Ich malte inzwischen alles Mögliche: Hunde, Vögel, eigentlich alles, was es gab. Worüber ich mich am meisten freute, dass mir alles so gut gelang.

Ich hatte mein Herz für die Seidenmalerei entdeckt. Nie hätte ich gedacht, dass mir in diesem Leben überhaupt noch etwas Freude macht. Ich sprach jetzt auch mit anderen Patienten und beteiligte mich auch an den therapeutischen Sitzungen. Es war alles etwas zögerlich, aber es bewegte sich immer mehr. Inzwischen war es wieder Winter geworden (schon der zweite). Eines Morgens, es war so gegen 7 Uhr, ging ich vor die Tür. Es hatte in der Nacht geschneit. Verwundert betrachtete ich die Winterlandschaft. Durch die Beleuchtung, die noch brannte, funkelte der Schnee auf den Tannen. Es war ein bezaubernder Anblick. Ich dachte: Wie lange habe ich das nicht gesehen? Ich ging ein paar Schritte und empfand im Herzen ein Glücksgefühl. Dass es noch so etwas Schönes gab. Für kurze Zeit vergaß ich sogar mein großes Leid. Inzwischen hatte ich kalte Füße bekommen und ging zurück zur Station. Die Schwestern waren schon mit der Frühstücksausgabe beschäftigt. »Es hat geschneit!«, rief ich, und wieder lächelte ich. Ich selbst bemerkte meine Veränderung nicht, wohl aber andere auf der Station. Inzwischen waren drei Jahre vergangen. Das Krankenhaus war mein Zuhause geworden und ich dachte: Hier kann ich bleiben, alle sind freundlich und gut zu mir. Mir war nicht bewusst, dass es auch ein Leben draußen gab. Ich hatte Angst, alleine zu sein. Es gab ja niemanden, der auf mich wartete. In der Nacht hatte ich einen fürchterlichen Albtraum. Da war ein Friedhof, überall waren Gräber ausgehoben. Ich kniete an Edmunds Grab. Ein Mann beugte sich über mich und sagte: »Du willst doch immer sterben. Nun bist du an der Reihe. Ich werde dich jetzt umbringen und dich in Stücke hacken. Jedes Teil von dir kommt in die Gräber, die du schon gesehen hast.« Er hob ein Beil und schlug zu. Eine Schwester beugte sich über mein Bett und sprach beruhigend auf mich ein. Ich weinte und zitterte, mein Hals tat mir weh. »Sie haben geträumt«, sagte die Schwester, »und fürchterlich geschrien.« Es dauerte eine Weile, ehe ich wieder zur Ruhe kam. Die Nachtschwester musste sich noch um andere Patienten kümmern, die durch das Schreien aufgewacht waren. Ich dachte, ich wollte sterben, aber nicht auf so eine grausame Art. Der Traum wollte mir nicht aus dem Kopf gehen, ich bekam Gänsehaut, wenn ich daran dachte. Jeden Abend hatte ich Angst, ins Bett zu gehen, Angst, der Traum könnte sich wiederholen. Die Ärzte waren ratlos, ich war doch auf dem Weg der Besserung. Durch viele Gespräche, die wochenlang dauerten, verblasste diese Nacht und ich nahm wieder meine alten Gewohnheiten an. Der Traum kehrte nicht wieder zurück. Ich fragte mich jetzt immer öfter: Will ich überhaupt noch sterben? Nein, ich muss weiterleben, sagte ich zu mir selbst. Und ich will.

Bei der nächsten Sitzung mit anderen Patienten verlangte der Psychologe, jeder möge seine Geschichte erzählen und warum er im Krankenhaus war. Ich bekam Angst. Noch nie hatte ich vor anderen über mein Leid geklagt. Ich hörte zu und merkte sehr schnell, dass ich nicht die Einzige war, die großen Kummer hatte. Fast alle erzählten ihre Geschichte unter Tränen. Ich fühlte tiefes Mitleid mit den anderen. Sie alle hatten großen Kummer, nicht nur ich alleine, wie ich immer dachte.

Ein junges Mädchen, drogenabhängig, erzählte, wie sie in die Szene hineingerutscht war. Der Psychologe fragte, wie es ist, wenn man sich in einem Drogenrausch befindet. Sie sprach sehr leise. Als das Mädchen zum Höhepunkt ihres Drogenrausches kam, wurde sie immer lauter und strahlte plötzlich. Sie sagte, man glaubt, man gehe auf Wolken. Tanzen, Trinken, Lieben – alles ist wunderschön und man ist in diesem Moment der glücklichste Mensch auf der Welt. Ihre Wangen waren rot geworden und ihre Augen strahlten. Ich hörte gebannt zu. Ungewollt entfuhr es mir: »Das mache ich auch, ich möchte auch einmal wieder glücklich sein.« Alle starrten mich an. Ich merkte, das war nicht gut, was mir wirklich ungewollt herausgerutscht war. Ich hatte das auch nicht so ernst gemeint, wie es angekommen war. Ich war froh, dass ich nun nichts von mir erzählen musste. Der Psychologe beendete sofort die Sitzung. Er gab bei der Verabschiedung jedem von uns die Hand und sprach ein paar Worte. Bei mir sagte er: »Und Sie treffen wir dann am Hauptbahnhof wieder.« Ich war ganz erschrocken, denn so war es nicht gemeint. Nur glücklich sein. Aber doch keine Drogen. Wieso Hauptbahnhof? Da es nach meiner Äußerung Sprachbedarf gab, wusste ich dann auch, dass der Bahnhof die Anlaufstelle für Drogen war. Wieder etwas gelernt. Es war mir auch nicht bewusst, dass ich nicht immer im Krankenhaus bleiben konnte. Bei meiner nächsten Sitzung sagte mir meine Psychologin, dass die Krankenkasse den Aufenthalt nicht länger zahlen wollte. Ich bekam einen gehörigen Schreck. Meine Therapeutin sagte mir, ich würde nun darauf vorbereitet werden, nach Hause zu gehen. Ich sollte nun mein Leben wieder allein in die Hand nehmen. Mir graute davor. Was sollte ich zu Hause? Dort wartete niemand auf mich. Wieder begann ich zu weinen. Es half aber nicht. Die Kasse war nicht bereit, noch einen weiteren Aufenthalt zu erstatten. Man sagte mir, dass ich weiter zu der ambulanten Behandlung kommen dürfe. Der Tag der Entlassung kam schneller, als ich es mir gewünscht hatte. Nach einem tränenreichen Abschied kam ein Taxi und brachte mich nach Hause.

14

Dort wartete mein kleines Auto auf mich. Sonst niemand. Ich betrat meine Wohnung. Es war alles fremd. Ich setzte mich auf einen Stuhl und heulte ganz fürchterlich. Trotz meines großen Kummers forderte die Natur ihr Recht. Ich bekam Hunger. Natürlich war der Kühlschrank leer. Ich musste, ob ich wollte oder nicht, mir etwas zu Essen besorgen. Zu meinem kleinen Auto waren es nur ein paar Schritte. Es stand in meinem Carport. Für mich sah es aus, als würde es auf mich warten. Aber konnte ich denn überhaupt noch fahren? Darüber brauchte ich nicht länger nachzudenken. Der kleine Twingo sprang nicht an. Na klar, dachte ich, die Batterie musste völlig leer sein. Was nun? Ich war es nicht gewohnt, etwas alleine zu entscheiden. Dass ich etwas tun musste, war mir schon klar. Ich rief die Werkstatt an, die ganz verwundert war, dass ich plötzlich wieder da war. Sie versprachen, sofort zu kommen. Ich dachte, da kann man mal wieder sehen, wie schnell man vergessen ist. Später erfuhr ich, dass alle dachten, ich befände mich, so wörtlich, in einer Klapsmühle. Die Werkstatt brachte mir eine neue Batterie. So, nun konnte ich losfahren. Das war vielleicht komisch, als ich mit meinem Wagen die Straße entlang»hüpfte«. Aber das gab sich bald und ich landete in einem großen Supermarkt. Meine Angst war, irgendjemandem zu begegnen, den ich kannte. Das Glück war auf meiner Seite. Vollbepackt fuhr ich zurück. Nun hatte ich erst einmal etwas zu tun. Aber es war so still. Das Radio, dachte ich, das mache ich an. So war es schon besser. Die Wäsche musste ja auch gewaschen werden. So hatte ich den ganzen Tag zu tun. Erschöpft fiel ich am Abend ins Bett und schlief bis zum Morgen durch. Hungrig bin ich aufgewacht und wollte frühstücken. Alleine? Nein, das konnte ich nicht. Ich fuhr in die nächste Cafeteria. Dort war ich unter Menschen. Ich war froh, dass ich niemanden kannte. Eigentlich könnte ich mir ja eine Zeitung kaufen. So verbrachte ich den Morgen lesend in der Cafeteria. Das wiederholte sich jeden Morgen. Bloß nicht allein sein. Am Abend war das besser auszuhalten, denn dann lief der Fernsehapparat. Was mir immer noch bevorstand, war auf den Friedhof zu gehen an das Grab meines lieben Mannes. Ich wollte immer noch nicht begreifen, dass er mich allein gelassen hatte. Wir haben in der Klinik daran gearbeitet, dass er das bestimmt nicht gewollt hatte. Ich sollte dankbar für die 12 Jahre sein, in denen wir glücklich waren. Eine für mich kurze Zeit. Wir wollten alt miteinander werden. Aber auch das war mir nicht vergönnt. Ich wollte noch ein bisschen warten, noch fehlte mir die Kraft dazu. Es dauerte nicht lange, da rückte die Verwandtschaft an, die vier Schwestern von Edmund. Ich sollte mich schämen, so wie das Grab aussah. Eigentlich glaube ich, dass die Schwestern sich gekümmert haben. Schweren Herzens machte ich mich auf den Weg. Es stimmte, das Grab sah erbärmlich aus. Kein Grabstein und das Gras hatte das Grab überwuchert. Während der Jahre hatte sich niemand darum gekümmert. Wieder einmal überwältigte mich der Schmerz und dieses Mal war auch Wut dabei.

Meine Leser denken bestimmt das Gleiche wie ich. Wie ist so etwas möglich? Edmund war immer für seine Schwestern da. Egal, ob es das Dach oder die neuen Fliesen im Bad und vieles mehr waren. Sofort machte ich mich an die Arbeit. Erst ging ich zur Friedhofsverwaltung, die mir auch ihren Segen erteilte, mir aber auch sagte, dass die Schwestern sich nicht kümmern wollten. Die Verwandtschaft meinte, es sei meine Angelegenheit. Ich fuhr zum Steinmetz und bestellte einen Grabstein. In kurzer Zeit war er fertiggestellt. Heute ist es nach meiner Meinung das schönste Grab auf dem Friedhof. Meine ganze Liebe steckt darin. Heute gehe ich gern dorthin. Ich schaue zum Himmel und spreche mit Edmund oder ich frage ihn: Was soll ich nun machen? Ich glaube, er kann mich hören. Denn jedes Mal, wenn ich von dort komme, spüre ich Trost in meinem Herzen. Es ist, als würde er sagen: Gehe weiter unseren Weg, mache weiter unsere Reisen, aber nicht alleine. Dann frage ich mich: Wie soll ich das denn anstellen ohne dich? Dann hatte ich eine Idee. Annemarie und Horst, unsere Trauzeugen. Aber lange hatte ich mich nicht bei ihnen gemeldet. Diese beiden sind sehr reisefreudig und sind fast das ganze Jahr mit ihrem Wohnwagen unterwegs. Sie freuten sich sehr, als ich mich meldete, und luden mich gleich für den nächsten Tag zum Kaffee ein. Meine Güte, war das eine Begrüßung! Ich wurde in den Arm genommen, gedrückt und geküsst. Es gab ganz viel zu erzählen. Beide sagten, sie hätten sich nicht getraut, mit mir in Verbindung zu treten, da ich mich total abgeschottet hätte. Sie waren nicht im Lande, als Edmund verstorben ist. Viel später erfuhren sie die traurige Nachricht. Ich war jetzt wieder bereit und wollte gerne verreisen. Wir kamen auf den Gedanken, es wäre gut, wenn ich eine Annonce in unsere regionale Zeitung setzen würde.

15

Sie lautete: »Suche Reisekameradin/en, am liebsten Fernreisen (getrennte Kasse).« Tatsächlich bekam ich sechs Antworten, fünf Damen und ein Herr. Den Herren legte ich erst einmal zur Seite. Mit den Damen habe ich mich einzeln in einem Café getroffen. Aber es wurde ein Reinfall. Entweder waren sie zu reich oder zu arm, oder ich war zu alt. Da ich immer noch in ambulanter Behandlung war, erzählte ich meiner Therapeutin davon. Sie freute sich, dass ich endlich versuchte, meinen eigenen Weg zu gehen. Da das mit den Damen nicht klappte, meinte sie, ich solle doch dem Herrn auch schreiben. Aber ich hatte den Brief noch nicht geöffnet. Irgendwie war mir nicht wohl dabei. Als ich ihn dann las, war ich erstaunt und dachte: Der schreibt aber sehr nett. »Ich bin Witwer, reise sehr gerne und war gerade mit meinem Enkel in Amerika.« Er schrieb noch über andere Reisen, die er mit seinen Enkelkindern gemacht hatte. Man traf sich wie üblich in einem Café. Halt, das stimmt nicht. Er schlug vor, mich von zu Hause abzuholen und dann in ein Café zu fahren. Zu der verabredeten Zeit klingelte es an meiner Tür. Vor mir stand ein großer Herr mit einem freundlichen Lächeln. Er hatte einen großen Hut auf, den er auch artig von seinem Kopf zog. In dem Café erzählte er spannende Geschichten von seinen Reisen. Sein Name war Paul und er wollte gerne mit mir verreisen. Wir wollten gerne auf die Kanaren und einigten uns auf Lanzarote. Um es kurz zu machen, Paul machte auf mich einen sehr vertrauenswürdigen Eindruck. Auch der Urlaub verlief sehr harmonisch. Paul kam immer öfter zu mir. Seine Wohnung lag nur einen Ort weiter. Oft trank er am Abend ein Glas Wein und wollte dann nicht mehr mit seinem Wagen fahren. Es pendelte sich immer mehr ein. Inzwischen hatte er schon den Haustürschlüssel. Schon bald ließ er durchblicken, dass es doch zu zweit viel besser sei. Zugeben muss ich, dass es mir auch gefiel.

16

Eines Tages sagte er: »Um meine Sachen unterzubringen, müssen wir einen größeren Schrank und einen kleineren kaufen.« Er hatte nur eine kleine Einzimmerwohnung. Meine Wohnung war viel größer und hatte drei Räume. Eigentlich habe ich nicht groß darüber nachgedacht. Mir war es recht und ich freute mich, dass ich nicht mehr alleine sein musste. Eines Abends saßen wir auf dem Sofa und schauten fern. Plötzlich gab es einen Knall. Ich schaute, woher dieser Krach kam. Dann traute ich meinen Augen nicht. Das Bild von Edmund, welches sich in einem standfesten Rahmen befand, war umgefallen. Einfach so. Es konnte nicht umfallen, nicht von alleine. Ich stellte es kopfschüttelnd wieder auf und konnte es nicht fassen. Wenn ich heute daran denke, ich tue es oft, so betrachte ich es als Zeichen von Edmund.

Aber erst möchte ich weitererzählen. Paul hat im Schlafzimmer die Wände ausgemessen für die neuen Schränke, die wir kaufen wollten. Er wollte seine Sachen, es war nicht viel, erst einmal bei mir im Keller unterstellen. Er kam dann auch bald und erzählte: »Ich habe meine Wohnung gekündigt.« Nun war es an der Zeit, die Schränke zu kaufen. Wir gingen durch sehr viele Möbelhäuser. Wenn mir etwas gefiel, war es aber immer nicht das Richtige. Wir kehrten immer wieder nach Hause zurück, und zwar unverrichteter Dinge. Es kam dann der Tag des Umzuges von Paul. Er zog aber nicht zu mir, sondern er hatte hinter meinem Rücken im gleichen Ort eine Zweizimmerwohnung gemietet. Ich war wie vor den Kopf geschlagen. Auf meine Frage: »Warum?«, sagte er, diese Wohnung hätte er schon, bevor wir uns kennengelernt hatten, im Auge gehabt.

Er kaufte Gardinen, Lampen, Kühlschrank und vieles mehr. Paul erzählte, dass er die Wohnung angemietet hätte für seinen ältesten Enkel, wenn der einmal von zu Hause ausziehen würde. Ich war wieder einmal am Boden zerstört und ging wieder zu meiner Therapeutin. Sie hat Paul auch zu sich bestellt. Die Therapeutin versuchte Paul zu erklären, wie sehr er mich verletzt habe. Er erzählte ihr das Gleiche wie mir. Beim Hinausgehen hielt sie mich einen Moment zurück, sagte leise zu mir: »Dieser Herr wollte niemals mit Ihnen zusammenziehen. Ich hoffe, Sie wissen, was Sie jetzt tun müssen.« Wusste ich aber nicht. Paul war nun schon über ein halbes Jahr bei mir. Ich war schon so daran gewöhnt, nicht mehr alleine zu sein. Wenn ich Paul zur Rede stellte, tat er es mit einer Handbewegung ab. »Was regst du dich auf? Ich bin doch bei dir.« Er suchte sich eine kleine Stelle in meinem Schrank, brachte ein paar Sachen unter, nach meiner Meinung nur so viel, dass er sofort wieder ausziehen konnte. Ich nahm alles in Kauf, um bloß nicht alleine zu sein. Mein Essen oder alles, was ich benötigte, muss ich selbst bezahlen. Meine Kleidung, Urlaub, einfach alles. An der Miete beteiligt er sich auch nicht, er zahlt nur die Nebenkosten. Ja, was macht Paul eigentlich? Er saugt die Wohnung, bringt die Wäsche in den Keller und nimmt die Gardinen ab, hängt sie wieder auf. Der Kassenbon beim Einkaufen wird getrennt abgerechnet. Ich glaube, ich weiß jetzt, warum Edmunds Bild umgefallen ist. Es mag sich dumm anhören, aber ich denke, es war eine Warnung. Inzwischen geht es mir wieder viel schlechter und ich habe Angst, wieder in ein tiefes Loch zu fallen. Ich musste etwas tun. Mir hat es immer geholfen, wenn ich arbeite. Also suchte ich. Jetzt machte ich ehrenamtliche gerichtliche Betreuungen für Menschen, die niemanden mehr haben. Es gibt mir Trost, Freude und Anerkennung.

17

Ich habe mir immer Geborgenheit gewünscht. Vor allen Dingen, nicht im Alter alleine zu sein. Da, denke ich, bin ich nicht die Einzige, die diese Gedanken hat. Einen Partner, dem man vertrauen kann und auf den man sich verlassen kann. Also, was soll ich dann mit Paul? Alle Punkte treffen nicht auf ihn zu. Was am schlimmsten ist, sind die ewigen Lügereien. Er muss im Lügen gezeugt worden sein. Dann seine Wohnung, die Hintertür, die er sich offen hält, um vielleicht einfach zu verschwinden. Ich wollte doch nur glücklich sein.

Leider ist das mit Ausnahme von Edmund nicht eingetreten.

Nun mal ehrlich, bin ich jetzt nicht wieder genauso weit wie zu Beginn meines Lebens? Ich komme noch einmal auf das Verschwinden von Paul zurück.

Seine Tochter und sein Schwiegersohn besitzen an der Ostsee eine hübsche kleine Ferienwohnung. Auch ich war in dieser Wohnung schon oft zu Gast. Paul und ich hatten eine Reise nach Zypern gebucht. Er kann sich schnell ärgern über mich. Ich weiß nie, worüber eigentlich. Dann verschwindet er einfach. Von seiner Tochter wusste ich, dass er in die Ferienwohnung gefahren war. Als er kurz vor unserer Reise sich immer noch nicht gemeldet hatte, rief ich dort an. Es meldete sich eine Frauenstimme mit einem »Hallo«. Ich war total verblüfft und dachte, ich hätte mich verwählt. Also versuchte ich es noch einmal. Wieder die Frauenstimme mit dem »Hallo«. Sie fragte mich, wen ich sprechen wolle. Ich fragte, wer denn am Telefon sei. Sie sagte, ihr Name sei »Verführt«. Ich war bedient und mein Herz klopfte bis zum Hals. Aber vor Wut. Ich versuchte es wieder. *Erst einmal nichts. Dann meldete sich Paul. Ich fragte nur, ob er unseren Reisetermin vergessen habe. Ich bin rechtzeitig zurück, war die Antwort. Als er endlich eintraf, ließ ich meiner Wut freien Lauf. Paul meinte:* »Wer weiß, wen du angerufen hast?« *Das Tollste an diesem Mann, man kann es ihm nicht ansehen, wenn er lügt. Der Einzelnachweis auf meiner Telefonrechnung bestätigte mir aber, dass alles stimmte, Uhrzeit und Rufnummer. Als ich Paul die Rechnung vorlegte, meinte er: Die kann nicht stimmen und auch Telefongesellschaften machen Fehler.*

Was mir wohl da alles durch den Kopf ging! Stornierung des Urlaubs, endlich Paul die Haustür von außen zu zeigen und vieles mehr. Aber nichts von dem habe ich in die Tat umgesetzt. Ich wurde immer trauriger und fragte mich, ob ich eigentlich noch alle Tassen im Schrank habe.

Nach meiner Meinung ist es immer noch das Gleiche. Die Angst vor dem Alleinsein, vor allem im Alter.

Ich weiß aber auch, dass ich mich auf Paul nicht verlassen kann.

Übrigens, Paul hat noch nicht einen Tag in seiner Wohnung verbracht und der Enkel auch nicht. Der Enkel ist in die Stadt gezogen, da es ihm auf dem Lande viel zu langweilig ist. Plötzlich sagte Paul zu mir, er wolle seine Wohnung nun aufgeben. Meine Antwort hat mich selbst verwundert. »Bleib bloß, wo du bist. Bei mir ist kein Platz mehr für dich.« *Ich dachte, nun wird er gehen. Es ist aber nichts passiert. Ich gehe fleißig meiner Arbeit nach und kümmere mich um die Menschen, die alleine sind und ein wenig Zuneigung brauchen. Um Paul kümmere ich mich kaum. Inzwischen ist er sehr krank geworden. Also bringe ich ihn zum Arzt oder ins Krankenhaus. Seine Tochter samt Familie haben keine Zeit für ihn. Sie sagen, sie haben mit sich selbst genug zu tun. Man könnte nun meinen, sie* hat noch nichts dazugelernt. So ist es nicht ganz. Ich könnte niemals jemanden im Stich lassen, egal, was er mir angetan hat. Ich versuche dann immer noch, das Positive in einem Menschen zu sehen. Immer denke ich an meine Therapeutin. »Seien Sie dankbar für die 12 Jahre, die Sie hatten.« Und genau das lässt mich weiterleben und meinen Weg gehen. Und ich frage mich nicht mehr: Was wird sein, wenn ... Es kommt immer anders, als ich es mir vorgestellt habe.

18

Ein wenig möchte ich noch von Edmund erzählen. Später erfuhr ich, dass er erst mit 48 Jahren geheiratet hatte. Seine Frau brachte drei Kinder mit in die Ehe. Drei Jungen. Der Kleinste zwei Jahre alt. Edmund mochte Kinder, sie waren für ihn kein Hindernis. Den kleinen Jungen hatte er sogar adoptiert. Nur einen?, könnte man sich fragen. Aber das hatte seine Gründe, die Edmund selbst nicht kannte. Das Ganze war schon von Anfang an geplant. Eigentlich sollte die Ehe auch keine 17 Jahre andauern. Die Kinder sollten erst einmal aus dem Gröbsten heraus sein. Seine Frau bestand darauf, im Grundbruch eingetragen zu werden. Irgendwie hatte Edmund gespürt, dass dies keine gute Idee war. Doch die ganzen Jahre hatte sie keine Ruhe gegeben. Aber Edmund hat es nicht zugelassen. Die Ehe wurde dadurch immer schlechter. Es entstand ein regelrechter Hass von seiner Frau. Immerhin ging es um das schöne Haus, welches Edmund mit seinen Eltern gebaut hatte. Sie hatte sogar gedroht, ihn zu vergiften. Er hatte sogar Angst, etwas zu essen. Nur wenn alle am Tisch saßen, nahm er etwas zu sich. Eines Tages kam seine Mutter in die Wohnung. Sie sah, wie Edmunds Frau mit einem anderen Mann in der Badewanne saß. Empört mischte sich auch der Vater ein. Darauf nahm sie einen Dosenöffner und schlug damit dem Vater auf den Kopf. Auch er musste in eine Klinik eingewiesen werden. Als Edmund nach Hause kam, sprachen sie kein Wort mehr miteinander. Dann kam bald der Tag, als sie die gesamte Wohnung ausräumte. Sogar der Toilettendeckel war weg. Als ich damals in das Haus kam, sah ich mit eigenen Augen, wie die Wohnung ausgesehen hatte. Edmund reichte sofort die Scheidung ein. Dabei schwor er, nie wieder zu heiraten. Das war nicht so einfach, denn seine Frau stellte hohe Ansprüche. Sie wollte Unterhalt, Haus und ein Grundstück. Edmund wurde zwar nach dem Trennungsjahr geschieden, aber die Unterhaltszahlung und die anderen Ansprüche gingen weiter. Bis zu seinem Tod.

Ich habe noch nie so etwas Fürchterliches erlebt. Bei meinen Scheidungen wollte ich nichts. Daher war für mich, so kann man sagen, alles schnell erledigt. Ich kannte Edmund nun schon ein Jahr, als er mich bat, zu ihm zu ziehen. Und so zog ich bei ihm ein. Seine geschiedene Frau machte nun uns beiden die Hölle heiß. Aber wir beiden hatten uns sehr lieb und zu zweit war alles leichter. Nach dem Gesetz früher war derjenige schuld, der betrogen oder verlassen hat. 1975 wurde das Gesetz geändert. Da ging es um die Zerrüttung der Ehe.

19

Edmund und ich waren sehr reiselustig. Unser erster Urlaub ging nach Portugal. Es war im November. Eigentlich nicht die ideale Zeit für dieses Land. Edmund buchte eine Glücksreise. Ich dachte: Oje, bei unserem Glück, hoffentlich wird das gut. Es ging gut. Na ja, fast. Wir konnten prima alle Sorgen zurücklassen. Es war ein weiter Weg zum Strand, aber immer ein schöner Spaziergang. Eines Tages kamen wir vom Strand zurück, da stand unser Zimmer unter Wasser. Der Koffer schwamm durch das Zimmer. Bett, ja, alles war unter Wasser. Edmund sagte noch: »Da hätten wir zum Baden auch im Zimmer bleiben können.« Andere hätten sich vielleicht aufgeregt, aber wir mussten lachen. Fleißige Hände des Hotelpersonals halfen uns. Wir bekamen ein noch schöneres Zimmer und unsere Sachen wurden sofort in Ordnung gebracht. Das habe ich mit »fast« gemeint. Wir verbrachten schöne Tage, spazierten durch die wunderschönen Orangenhaine. Jeden Morgen gab es frisch gepressten Orangensaft. Dann setzte aber leider der Regen ein. Wir waren mit ein paar anderen Gästen nur noch wenige. Sogar einige Lokale waren schon geschlossen. Am Abend sind wir immer zum Essen gegangen. In diesem Lokal waren wir die einzigen Gäste. Als wir mit dem Essen fertig waren, stellte sich der Geschäftsführer in die Nähe von unserem Tisch. Er bewegte immer seinen Schlüsselbund, wir haben es so verstanden: Nun aber raus mit euch! Das war richtig nervig. Also gut, wir bezahlten. Edmund ging als Erster zur Eingangstür, ich trottelte hinterher und sah, dass von innen der Schlüssel steckte. Ich zog ihn ab und steckte ihn von außen wieder in das Schloss und drehte ihn um. Dann rannten wir beide los. Später haben wir erfahren, dass keiner vom Personal durch die Tür kam. Der Ausgang war durch das Küchenfenster. Prima, sagte Edmund, da können wir uns nicht mehr blicken lassen. Der Geschäftsführer hatte wohl nicht den Ausgangsschlüssel an seinem Bund, sondern wollte uns nur ärgern. Auf jeden Fall haben wir gelacht, dass uns der Bauch weh tat. Bald mussten auch wir unsere Heimreise antreten. Ach, war es doch schön in Portugal! Zu Hause wartete viel Post auf Edmund. Alle waren Gerichtsbriefe. Edmund nahm es mit Humor. Es war nicht anders zu erwarten. Das Dumme war nur immer, er musste dann auch seinen Anwalt aufsuchen. Einmal sagte er: »Wieso soll ich auch noch zahlen? Drei Kinder habe ich großgezogen, meine Frau hatte alles, was sie sich wünschte, sogar nebenbei noch ihre Affären. Dafür werde ich auch noch bestraft oder ich soll bestraft werden. Das ist doch alles nicht gerecht.«

20

Als das Gerichtliche erledigt war, planten wir die nächste Reise. Es sollte nach Thailand gehen. Edmund war schon mit 58 Jahren in den Vorruhestand getreten. Ich arbeitete zu dieser Zeit noch in einer Rehabilitationsstätte für Schwerstbehinderte. Schwerpunkt dort war die Krankheit multiple Sklerose (MS). Es war nicht einfach, öfter als einmal im Jahr Urlaub zu bekommen. Etliche Formulare mussten ausgefüllt werden. Dann das Warten auf das Okay von unserem Chef. Ich hatte Glück: Meinen Kolleginnen und Kollegen war das nicht recht, ich denke, es war auch viel Neid dabei. Wir waren aber immer gut besetzt, von daher war es kein Problem.

Also konnte die Reise losgehen. Wir haben nicht bemerkt, dass hinter uns ein Ehepaar saß, das uns beobachtete. Da wir uns immer streichelten und lieb zueinander waren, war dieses Paar sehr erfreut. Wir hatten das gleiche Hotel und lernten uns dort erst richtig kennen. Später erzählten sie uns, dass sie ihre Freude daran hatten, wie wir miteinander umgegangen sind. Mit Annelore und Willi verbindet mich noch heute eine herzliche Freundschaft. Wir verbrachten tolle Tage zuerst in Pattaya. Wir waren begeistert von der Kultur und der Höflichkeit der Menschen. Besonders am Abend machten wir die Stadt unsicher. Regelmäßig landeten wir bei irgendeinem Schneider. Unsere Männer ließen sich maßgeschneiderte Anzüge machen. Annelore und ich seidene Blusen, Hosen und vieles mehr. Die Preise waren so günstig und wir sagten: Zum Rückflug müssen wir einen Koffer extra kaufen. In Thailand gilt ein wohlbeleibter Herr als wohlhabend. Willi hatte einen dicken Bauch. Annelore bekam öfter zu hören: »Mama, geh doch nach Hause und lass den Papa hier.«

Die Damen sagten das mit einem Lachen und man konnte nicht böse sein. Wir beschlossen alle vier, auf die Insel Phuket zu fliegen, um noch ein wenig Ruhe zu haben. Es war dort wunderschön. Das Wasser warm und klar, die vielen Blumen, einfach alles. Von Phuket aus machten wir noch viele Ausflüge. Ko Samui, auch eine Insel, die wir nie vergessen werden. Aber leider endete der Urlaub viel zu schnell. Annelore und Willi flogen nach Süddeutschland und wir in den Norden zurück. Wir sprechen noch heute von den Massagen. Die Thailänderinnen beherrschen es besonders gut und als sie Edmund die Fußnägel lackierten. Ja, wir haben viel gelacht.

21

Zu Hause angekommen, wartete der übliche Gerichtskram auf Edmund. Viel gesprochen haben wir nicht darüber, aber jeder hat für sich gedacht: »Hört das denn nie auf?« Edmund und ich lebten nun schon drei Jahre zusammen, als er mich fragte, ob ich ihn heiraten möchte. Natürlich sagte ich Ja. Wir wollten es aber heimlich tun. Nur mit unseren Trauzeugen. Dieser Tag sollte uns allein gehören. Unsere Hochzeitsreise ging nach Australien. Wir ließen uns im Reisebüro einen Plan zusammenstellen. Das alles sollte in Australien mit einem Wohnmobil geschehen.

Nach einem 25-Stunden-Flug landeten wir in Sydney. Es war kalt und regnete in Strömen, als wir zum Hotel fuhren. Unsagbar müde fielen wir ins Bett. Am nächsten Morgen sollten wir unser Wohnmobil übernehmen. Von dort sollte unsere Reise ins Blaue losgehen. Alles klappte vorzüglich, aber der morgendliche Verkehr durch Sydney war grauenvoll. Das alles auch noch im Linksverkehr. Ich durfte die Copilotin sein. Das war auch bitter nötig. Ich weiß nicht mehr, wie oft ich Halt und Stopp gerufen habe. Trotzdem kamen wir ohne Schäden durch die Stadt. Edmund hat das prima gemeistert, obwohl er noch nie auf der »falschen« Seite gefahren war. Unsere Route war von Sydney bis nach Cairns zu fahren. In Cairns wollten wir das Wohnmobil abgeben. Dann war ein Weiterflug nach Melbourne geplant. Wir besuchten dort alte Bekannte von Edmund. Von dort aus haben wir noch herrliche Ausflüge gemacht. Aber zurück nach Sydney. Zuerst mussten wir uns mit Lebensmitteln eindecken. Wir fuhren schon fast zwei Stunden und hatten noch keinen Supermarkt entdeckt. Nach fast drei Stunden hatten wir Glück. Alles, was wir wollten, bekamen wir auch. Nur das Bier fehlte. Alkohol wird dort in keinem Supermarkt verkauft. Dafür gibt es extra kleine Läden. Die aber erst einmal finden. Meist lagen sie ganz versteckt. Schließlich haben wir auch einen Shop entdeckt. Der war so klein, dass wir fast vorbeigefahren wären. Man hätte meinen können, Alkoholbier zu kaufen sei eine Sünde. Edmund deckte sich gleich mit Bier ein. Er trank zwar wenig, aber wer wusste schon, wann wir wieder so einen Shop entdeckten? Wir kamen in eine kleine Stadt, hatten keine Lust zu kochen. Also gingen wir in ein Restaurant. Endlich etwas zu essen, dachten wir, und bestellten. Edmund wollte gern ein Bier trinken. Der Wirt schüttelte bedauernd den Kopf und meinte, er könne uns nur Gläser zur Verfügung stellen. Außer Wasser darf man keinen Alkohol ausschenken. Man darf aber gerne Wein, Bier und andere alkoholischen Getränke mitbringen. Das war doch einmal etwas ganz Neues. Also blieben wir beim Wasser. Weiter ging es in Richtung Great Barrier Reef. Es ist das größte Korallenriff der Erde und liegt vor der Küste Australiens. Nun mussten wir, als es dunkel wurde, einen Schlafplatz suchen und landeten auf einem Campingplatz. Am Morgen wurden wir von einem ohrenbetäubenden Lärm geweckt. Edmund hatte das Wohnmobil unter einem Baum abgestellt, in dem auch Papageien ihr Nachtlager hatten. So einen Krach hatten wir noch nie gehört und so viele Papageien auf einmal. Unsere Reise dauerte sieben Wochen. Wir haben so viel Schönes gesehen und erlebt, dass man nicht alles in Worte fassen kann. Auf einem unserer Wege nahmen wir vier Aborigines-Frauen mit. Keiner konnte den anderen verstehen, aber wir hatten uns alle freundlich angelächelt. Das war auch gut so. Wir nahmen wunderschöne Erinnerungen mit nach Hause, mit vielen Fotos und Filmen. Zu Hause wieder das Gleiche: viele Schreiben vom Gericht. Komisch, das hat uns nicht viel ausgemacht, wir waren anscheinend schon daran gewöhnt.

22

Nun wurde es schwierig für Edmund. Er musste ja nun endlich seinen Verwandten erzählen, dass er wieder verheiratet war. Er hatte ja erklärt, dass er nie wieder heiraten würde. Ich weiß noch, dass ich sagte, wir machen das zusammen. Wir haben es nur einer Schwester von Edmund erzählt, das genügte auch. Es hat schnell die Runde gemacht. Die Verwandten mochten mich, aber heiraten? Auf jeden Fall wollten alle plötzlich feiern. Es war ja sowieso zu spät, Edmund zu bekehren. Er mietete in einem schönen Waldrestaurant einen großen Raum. Ich durfte meine Kolleginnen und Kollegen auch einladen. Es war eine schöne Feier mit vielen Überraschungen. Edmund hatte den Raum mit Rosen und vielen Kerzen schmücken lassen. Eine neidische Kollegin sagte zu mir: »Wie kann man bloß vier Mal heiraten?« Meine Antwort darauf war: »Ich finde Heiraten schön. Man bekommt immer wieder viele Geschenke und hat auch immer wieder eine Hochzeitsnacht.« So ganz ernst habe ich das nicht gemeint, denn einmal sollte für immer sein. Sie rümpfte die Nase und zog ab.

23

Edmund wollte auf die Malediven. Dort soll es wie im Paradies sein. Die Insel, die wir anflogen, hieß Dhigufinolhu. Aber zuerst landeten wir in Male. Von dort aus ging es mit dem Doni (Boot) weiter. Wir waren drei Stunden auf dem Wasser, ehe wir unser Ziel erreichten. Nun muss ich noch erzählen, Edmund war ein Entdecker. Er zog erst einmal alleine los, um sich umzuschauen. Dann zeigte er mir alles. Also, wir gingen in Dhigufonilhu an Land. Die Insel war so klein, 500 x 60 m, und liegt im Süd-Atoll. Die Besonderheit war ein Steg, der mit drei anderen kleinen Inseln verbunden war. Es gab kein Fernsehen, keine Zeitung. Aber es war wirklich ein Paradies. Ich könnte mir vorstellen, dass hier gestresste Manager richtig ausspannen können.

Das Herrlichste war die Unterwasserwelt. Da es für Edmund dort nicht viel zu entdecken gab, fuhren wir jeden Tag mit dem Boot hinaus zum Riff, um zu schnorcheln. Das war Neuland für Edmund. Aber er hatte seine helle Freude daran. Man konnte die Fische sogar berühren. Und die wunderbaren Farben, es war einmalig. Inselhüpfen haben wir auch gemacht. Die anderen Inseln werden nur von den Maledivern bewohnt. Man kann durch die winzigen Dörfer gehen und schauen. Nur dort in das Wasser dürfen die Touristen nicht. Da sind die Malediver eigen. Wir kannten den Grund nicht. Von dem Steg aus gab es auch die »unbewohnte« Insel. Man musste durch das Wasser laufen, das nicht hoch war. Auf dem Weg dorthin schwammen kleine Babyhaie durch unsere Beine. Auf der Insel angekommen, also so etwas haben wir noch nie gesehen. Völlig verwildert, gespenstische Ruhe, nur der Ruf der verschiedenen

Vögel war zu hören. Uns war ein bisschen mulmig und so gingen wir schnell den gleichen Weg zurück. Alle wunderbaren Reisen genau zu beschreiben, ergäbe eine Reisebeschreibung.

24

Stopp, Kenia. In dieses Land haben wir uns beide verliebt. Dort gibt es nach unserer Meinung den schönsten Sonnenauf- und -untergang. Die Menschen sind sehr freundlich und hilfsbereit. Die frei lebenden Tiere. Wir haben verschiedene Safaris gemacht. Es war faszinierend. Dort haben wir noch einen Flug in das Massai-Mara-Land gemacht. Vorbei ging der Flug am schneebedeckten Kilimandscharo. Dort lernten wir ein wenig über die Massaigebräuche kennen. Die Massai Mara ist umgeben von Dörfern der Massai. Diese Dörfer sind wagenburgartig gebaut. Die Massai ernähren sich hauptsächlich von Milch und Blut, welches den Kühen abgezapft wird. Die Gesellschaftsstruktur ist streng geordnet. Wer es sich leisten kann, hat mehrere Frauen. Für eine Dorfbesichtigung muss man Eintritt bezahlen. Zwischen 1.000 bis 2.500 kenianische Shilling, ca. 11,50 Euro pro Person. Inklusive Besichtigung der Hütten und Folklore. Besonders beeindruckt haben uns die Sprünge der Massaikrieger. Gesprungen wird aus dem Stand. Es ist für die Krieger ein typisches Kräftemessen. Wer springt am höchsten? Die Sprungkraft ist sehr beeindruckend. Im Hotel zurück, haben wir Spaziergänge unternommen. Dabei sind wir an einem Dorf vorbeigekommen, welches unsere Neugierde weckte. Edmund und ich wollten in dieses Dorf hinein. Ob das geht, fragten wir uns. Wir haben schlimme Armut gesehen. Gegenüber war ein afrikanischer Supermarkt, nicht mit unseren zu vergleichen. Dort haben wir einen Einkaufswagen genommen und gefüllt. Mit Seife, Nudeln, Mehl, Strümpfen und vielem mehr. Bis er voll war. Die Bewohner des Dorfes stürzten sich auf den Wagen. Wir dachten, hoffentlich prügeln sie sich nicht noch. Oft sind wir in diesem Dorf gewesen. Immer hatten wir etwas Brauchbares mit. Dadurch ist eine richtige Freundschaft entstanden. Heute noch bekomme ich Post aus Ukunda. Es sind kurze Schreiben. Es fehlt dort ja auch an Schreibmaterial. Was wir dort angeleiert haben, war im Grunde nur ein Tropfen auf einem heißen Stein. Regelmäßig haben wir Kleidung gesammelt und in »unser« Dorf geschickt. Heute muss ich alleine das alles fortführen. Es ist aber eine schöne Sache, die Menschen sind so dankbar und mir macht es Freude. Zufrieden flogen wir nach Hause zurück. Zu Hause erwartete uns immer das Gleiche. Viele Briefe an Edmund vom Gericht. Während ich das alles niederschreibe, muss ich die Tränen zurückhalten. Ich will nicht mehr weinen. Edmund hätte das nicht gewollt. Es hat uns noch viele Male nach Kenia gezogen. Es ist ein wunderschönes Land und wenn man sich erst einmal verliebt hat, kann man nicht so schnell davon lassen. Ich kehre wieder in unseren Alltag zurück. Wenn ich so darüber nachdenke, glaube ich, dass es Edmund sehr geschadet hat. Da ich alles kenne, jede Gerichtsakte, kann ich nicht glauben, dass es bei Gericht so ungerecht zugeht. Ich weiß jetzt aber, dass nirgendwo so viel gelogen wird wie bei Gericht. Vielleicht war es auch ein Fehler, dass wir kaum darüber gesprochen haben. Edmund wollte aber nicht, er meinte, es sei genug, dass er immer wieder zu seinem Anwalt musste. Ich weiß aber, dass er nie etwas Unrechtes getan hat. Oft habe ich mich gefragt: Wie kann es möglich sein, wenn man mit nichts gekommen ist, außer der drei Kinder, dass jemand so abgebrüht sein kann und alles haben möchte? So ist das Leben, man heiratet erst sehr spät, dann ist es doch nicht das Richtige. Schade, dass man einen Menschen nicht durchschauen kann. Man bedenke, was einem alles erspart bleiben könnte.

Wir waren sechs Jahre verheiratet, mit uns war alles in Ordnung. Edmund war noch gesund. Eines Abends fragte er mich, was ich denn davon halte, wenn er mir das Haus überschreiben würde. Ich war völlig platt. Meine erste Frage war: »Warum?« »Ich möchte, dass du für immer abgesichert bist.« Edmund war zwar zehn Jahre älter als ich, aber für mich bestand kein Grund, dass er so etwas tun wollte. Außerdem würde das nur Ärger bringen, wenn die Geschwister davon erfahren würden. Ich teilte ihm meine Bedenken mit, aber er sagte, er möchte es so haben. Völlig verunsichert und mit einem Angstgefühl in der Magengegend ging er mit mir zu einem Notar. Der Rechtsanwalt und Notar, der Edmund auch in allen gerichtlichen Dingen betraute, war erstaunt. Er teilte die gleichen Bedenken wie ich. »Warum wollen Sie das tun?«, war seine Frage. »Nach allem, was Sie schon durchgemacht haben, wundert es mich.« Er schaute mich entschuldigend an. »Dass Sie überhaupt noch so viel Vertrauen haben.« Es wurde alles in die Wege geleitet, wie Edmund das wollte. Ich weiß nicht, warum er das getan hat. War da eine Ahnung oder wusste er etwas, was er mir nicht sagen wollte? Das habe ich mich oft gefragt. Edmund war fröhlich und unternehmungslustig wie immer und bald dachte ich auch nicht mehr darüber nach. Wir haben auch noch viele Reisen gemacht.

Bis zu jenem Abend, als er aus der Dusche kam und mir den Knoten in der Leiste zeigte. Wir schafften es noch fünf Jahre zusammen. Es war ein Auf und Nieder, bis hin zum bitteren Ende. Auch diese Zeit, kann man sagen, haben wir voll genossen. Es war doch immer die Hoffnung, dass alles gut werden kann. Während ich meine Erinnerungen schreibe, kommt es mir vor, als wäre dies alles gerade geschehen. Edmund war noch nicht unter der Erde, erhielt ich schon den ersten Brief von einem Anwalt. Der Adoptivsohn wollte sofort seinen Anteil haben. Edmund hatte ihn enterbt, aber der Pflichtteil bestand noch immer. Mein Geld war alle, wir hatten doch alles ausgegeben und uns an den letzten Strohhalm geklammert in dieser Privatklinik. Ich wusste nicht einmal, wie ich die gesamten Beerdigungskosten bezahlen sollte. Ich verkaufte Edmunds Auto an Freunde von uns. Das Geld reichte gerade aus, um Edmund würdevoll zu bestatten. In dem Haus wollte ich ja nicht bleiben; ein Anwalt, den ich hinzuziehen musste, gab mir den Rat, es so schnell wie möglich zu verkaufen. Das war nicht so einfach, das Haus war ja kein neues, sondern auch schon 35 Jahre alt. Dem Adoptivsohn ging es nicht schnell genug, er verklagte mich auf sofortige Zahlung. War nicht alles schon schwierig genug? Wir wissen alle, wie hässlich und geldgierig Menschen sein können. Mitleid konnte ich nicht erwarten. Noch ein Brief von einem Anwalt. Nun erhob auch die geschiedene Ehefrau von Edmund Anspruch auf das Haus mit der Begründung, sie bekomme nun keinen Unterhalt mehr und ihr stehe jetzt die Immobilie zu. Ich weiß noch, mich überkam eine schreckliche Wut und gerade auf meinen Mann. Er hatte mich einfach alleine gelassen. Ich wusste nicht mehr, was ich tun sollte. Im Stillen tat ich wieder Abbitte. Er wollte mich doch nicht alleine lassen. Es kam eine Besichtigung nach der anderen. Einen Makler musste ich einschalten. Ich hatte keine Ahnung, wie ich es anpacken sollte. Schließlich stellte sich ein Ehepaar vor mit der Bitte, den Betrag nicht auf einmal zahlen zu müssen. Bevor ich überhaupt verkaufen könnte, musste noch geklärt werden, welche Ansprüche die geschiedene Ehefrau noch hatte. Es stellte sich heraus, wenn man eine Schenkung macht, dürfen drei Jahre nicht überschritten sein. Sie hatte Pech, der Zeitraum war bereits überschritten. Mir fiel ein Stein vom Herzen, dass wenigstens diese Angelegenheit erledigt war. Es stand ihr nichts zu. Das Geld reichte für mich gerade für eine

Wohnung aus. Für Kaution und Courtage. Diese Wohnung war für mich schrecklich. Leider muss ich es immer wieder sagen, ich war alleine und einsam. Ich möchte gerne einmal erklären, wie mein Empfinden war. Wenn ich alleine bin, das ist für mich ein Zustand, der sich dadurch auszeichnet, dass kein anderer Mensch bei mir ist. Für manche Menschen kann es positiv oder negativ sein. Bei mir wirkt es sich negativ aus. Positiv wäre ja, wenn ich von mir aus das Alleinsein wählen würde, um mich selbst zu finden oder Abstand zu gewinnen. Das noch Schlimmere ist für mich die Einsamkeit. Einsamkeit ist für mich ein tiefer Schmerz darüber, dass ich mich niemandem nahe fühlen und mit keinem teilen kann, was in mir ist. Es ist auch die Angst vor Gedanken und Gefühlen, die in mir hochkommen. Besonders Angst vor Menschen und vor Verletzungen. So habe ich in meiner Wohnung gesessen in der Hoffnung, es würde jemand kommen, um mich aus dieser Einsamkeit herauszuholen. Deswegen gibt es ja Paul. Vor lauter Angst, alleine zu sein. Genau deswegen ertrage ich lieber all die Lügen und Verletzungen. Meine Therapeutin kann mir auch nicht mehr helfen, denn es gibt nur zwei Möglichkeiten. Wenn Paul geht, dann tritt der Zustand ein, den ich gerade beschrieben habe. Es ist wie ein Teufelskreis, aus dem ich nicht mehr entkommen kann. Als der Hausarzt mich damals in die Klinik eingewiesen hat, wollte er mich vor Schlimmerem bewahren. Als ich dann entlassen wurde, hatte ich das Grundproblem noch nicht bewältigt.

Eigentlich hatte ich es doch früher immer geschafft, aus meiner Misere herauszukommen. Es mag vielleicht daran liegen, dass ich inzwischen älter geworden bin. Ich habe viele Schicksale einstecken müssen, genau wie andere Menschen auch. Ich frage mich oft: Wie haben andere das überstanden? Ich grübele. Bin ich selbst schuld und was habe ich falsch gemacht? Oder liegt es daran, dass ich an einem 13. geboren bin oder meine Mutter mich nicht wollte. Es ist, glaube ich, besser, nicht weiterzugrübeln. Es hilft nicht, im Gegenteil, es wird nur noch schlimmer.

25

Ich möchte gerne noch von meinen besten Freunden Helga und Günter erzählen. Leider leben die beiden in Süddeutschland und ich im Norden. Eigentlich möchte ich gerne wieder dahin zurück, wo ich geboren bin. Aber ich kenne dort niemanden außer meinen Freunden und meinem Sohn Bernd. Aber dazu fehlt mir der Mut. Günter ist Ingenieur. Er ist sehr fleißig und hat durch seine gute Arbeit viele Bonuspunkte gewonnen in Form von Weltreisen. Die beiden haben schon fast die ganze Welt gesehen. Er verdiente sehr gut. Helga blieb zu Hause bei den drei Kindern. Günter kaufte ein tolles Haus. Alle waren zufrieden. Nun muss ich mich wieder fragen: Warum kann nicht alles so bleiben, wie es ist? Ich war einmal wieder zu Besuch. Ich merkte sofort, dass etwas anders war als sonst. Helga war fröhlich wie immer. Günter wirkte auf mich sehr bedrückt. Er versuchte zwar, es zu verbergen, aber ich ließ mich davon nicht täuschen. Wir kannten uns schon 40 Jahre, ich dachte, ich werde ihn einfach fragen. Komisch, sagte Günter, dass du das bemerkst. Helga hat davon nichts mitbekommen. Meine Freundin hat sich noch nie für die Geschäfte von Günter interessiert, dass meine ich jetzt nicht negativ. Sie sagte immer: Er macht das schon richtig, und ich verstehe davon nichts. Schließlich erzählte Günter mir, dass er große Sorgen habe. Er hatte durch eine falsche Beratung bei Immobilien sein ganzes Geld verloren. Sogar das Haus war schon mit einer Hypothek belastet. Helga sagte nach ein paar Monaten, dass Günter sich sehr verändert hat. Er sei nervös und oft nicht bei der Sache. Er hatte also immer noch nichts erzählt. Erst als er Helga sagte: »Wir müssen ausziehen«, fragte sie nur: »Wieso?« Ich kann bis heute nicht verstehen, warum er so lange die Wahrheit verschwiegen hat. Ausgerechnet Günter, der mir oft mit guten Ratschlägen zur Seite stand. Umgesetzt habe ich die Ratschläge wie üblich nicht. Es betraf den Charakter von Paul. Es gab einen fürchterlichen Krach. Meine Freundin wollte nicht ausziehen. Aber es musste sein. Sie mieteten ein kleines altes Haus. Das Geld wurde immer knapper. Sogar bei der Toilettenspülung wurde gespart. Die Heizung wurde nur noch ganz selten angemacht. Günter sagte einmal zu mir: »Ich muss arbeiten, noch mindestens, bis ich 95 Jahre werde.« Der Schuldenberg war sehr hoch, wie man sich denken kann. Meine Freundin unterstützte ihren Mann, so gut sie konnte. Sie erzählte mir am Telefon, dass Günter sich buchstäblich die Haare raufte. Sie war hilflos und ich auch. Helga war eine gute Hausfrau; früher, als ihr Mann wichtige Geschäftsleute mit nach Hause brachte, kochte sie besondere Speisen und arrangierte alles wunderbar. Doch diese Situation war neu für sie und sie war damit total überfordert. Sie sprach mit ihrem Mann über Kredite. Doch keine Bank der Welt hätte Geld gegeben. Wohl war ich durch die Probleme meiner Freunde abgelenkt, so dass ich an meine nicht mehr dachte. Aber ich war sehr traurig, dass diesen lieben Menschen so etwas passieren musste.

Bald danach klingelte am Abend bei mir das Telefon. Ich konnte Helgas Stimme kaum erkennen. Sie sagte, Günter sei tot. Ganz plötzlich. Er saß auf einem Stuhl vor einer Rotlichtlampe, als er plötzlich zu Boden fiel. Die Notärzte und Sanitäter versuchten eine Stunde lang, Günter zu reanimieren, aber es war umsonst. Ich zitterte am ganzen Körper und fing auch an zu weinen. Ich versprach meiner Freundin, sofort zu kommen. Noch am gleichen Abend fuhr ich los. In der Nacht kam ich an. Meine Freundin fand ich in einem schrecklichen Zustand vor. Ich rief als Erstes einen Arzt, der ihr eine Spritze gab. Das Medikament hat nicht geholfen und so kauerten wir nebeneinander auf dem Sofa, konnten nicht begreifen, was geschehen war. Als Helga sich einigermaßen gefasst hatte, versuchten wir, erst einmal die Geldangelegenheiten zu klären. Aber egal, wohin wir auch gingen, es war kein Geld da. Bei allen Banken waren nur Schulden. Wir mussten natürlich auch zu dem Beerdigungsinstitut. Ich sprach mit dem Inhaber und erklärte, dass kein Geld vorhanden war. Ich weiß nicht, ob der Herr schon so etwas erlebt hatte, er reagierte gelassen und meinte, man könne die Asche auch in eine Schachtel tun. Das Weitere würde sich schon finden. Helga hatte nicht einmal Geld für eine Urne. Ich weiß noch genau, mir wurde schlecht. Meiner Freundin ging es auch nicht besser. Günter in einer Schachtel zu beerdigen, das tat sehr weh. So weit ist es aber nicht gekommen. Das Geld für Urne und Bestattung haben wir zusammenbekommen. Helga und Günter haben in einem kleinen Dorf gelebt. Beide waren im Gesangsverein und haben sich sportlich betätigt. Der Tag der Beerdigung war unausweichlich. Die Kirche war bis auf den letzten Platz besetzt. Günter galt im ganzen Dorf als ein freundlicher, hilfsbereiter Mensch. Ich glaube, keiner der Trauergäste konnte begreifen, was da plötzlich geschehen war. Die Orgel spielte das Lied »Es ist Zeit für mich zu gehen«. Um meine Fassung war es endgültig geschehen. Alles kam mir wieder in Erinnerung. Ich konnte es nicht glauben, dass ich neben meiner Freundin an Günters Sarg saß. Als Edmund gestorben war, saßen Günter und Helga an meiner Seite. Beide legten ihren Arm um mich. Ich glaube, dass die großen Sorgen Günter umgebracht hatten. Ich habe ja auch erlebt, wie aussichtslos die Situation war. Keiner hätte helfen können. Nach der Obduktion erfuhren wir, sein Herz hatte einfach aufgehört zu schlagen. Ich war wieder einmal am Boden zerstört. Manchmal denke ich, dass ich gerade immer wieder von schlimmen Schicksalsschlägen verfolgt werde. Aber nun musste ich mich zusammenreißen und meiner Freundin zur Seite stehen. Zuerst mussten wir eine billige Wohnung finden. Helga konnte die Miete, den Strom und alles, was dazugehört, nicht mehr bezahlen. Wir mussten auch herausfinden, wie es um Günters Rente bestellt war. Da er auch immer ca. fünf Jahre im Ausland gearbeitet hatte, Amerika und Paris, gestaltete sich das sehr schwierig. Am schlimmsten war es in Paris. Amerika war nicht so schwierig, da wir beide die Sprache beherrschten. Aber Frankreich war besonders kompliziert. Viele Formulare, Fragen über Fragen, Gutachten über den Gesundheitszustand von Günter und vieles mehr. Das alles in der französischen Sprache. Es war nicht zu bewältigen. Mir fiel ein, dass es das Beste war, das französische Konsulat aufzusuchen. Dort bekamen wir Hilfe. Helga wollte alles von einer Französin übersetzen lassen. Aber das hätte viel Geld gekostet, welches sie nicht hatte. Sie meinte, dass das Konsulat nicht helfen würde. Es hat aber geholfen. Alles wurde übersetzt und vieles wurde auch telefonisch geklärt. Das Beste war, es hat nichts gekostet. Da meine Freundin immer Hausfrau war und nicht gearbeitet hatte, war alles nicht so einfach. In Frankreich wird die Witwenrente jedoch immer nur alle drei Monate gezahlt. Wir haben uns gewundert, wie wenig gezahlt wurde. Günter hatte doch immer so viel gearbeitet. Es wurde nur so viel gezahlt, dass sie in Deutschland keine soziale Hilfe bekommen konnte. Wir dachten, ihr stände noch die Grundsicherung zu. Aber dem war nicht so. Sie muss nun mit weniger als 1.000 Euro ihr Leben bestreiten. Das fällt ihr sehr schwer, manchmal ist sie sehr verzweifelt und fragt sich dauernd, wie sie das nur machen soll. Wir haben die Versicherungen, die nicht unbedingt nötig waren, gekündigt. Es fällt ihr sehr schwer, denn sie war es nicht gewohnt, jeden Cent umzudrehen. Meine Freundin musste regelrecht lernen. Sie hatte noch die Mietschulden von dem kleinen gemieteten Haus. Der Vermieter war so kulant und erließ ihr die Schulden. Damals dachte ich: Dass es so etwas noch gibt. Ich meine damit Menschen mit Herz und Verständnis. Wir haben auch mit Hilfe eine kleine Wohnung gefunden. Die Wohnung war sehr klein, 1 ½ Zimmer mit einer Kochnische. Ungefähr 35 qm. Was ich nun wieder schlimm finde, dass sie sich deswegen schämt. Sie lässt auch niemanden in die Wohnung. Wie oft habe ich ihr schon deswegen den Marsch geblasen. Viel hat es nicht geholfen. Die Freunde von früher gibt es nicht mehr. Sie hat sich völlig zurückgezogen. Man muss sich das so vorstellen: Es soll mich niemand besuchen. Sie hat Angst, wenn sie eingeladen wird, dass dann eine Gegeneinladung folgen muss. Halt so, wie sie es gewohnt war. So oft habe ich ihr erklärt, dass Günter und sie nicht schuld sind und mit den Freunden und Bekannten darüber zu reden. Nach langer Zeit hat sie begriffen, dass es wohl doch so am besten sei. Das Gute ist, dass sie es jetzt in die Tat umsetzt. Darüber bin ich sehr froh. Schließlich soll es ihr doch nicht so ergehen wie mir. Einsamkeit. Ich möchte noch ein wenig über meine berufliche Laufbahn erzählen.

26

Natürlich hat es nicht geklappt, dass ich meinem Traumberuf nachgehen konnte. Bei den ganzen Turbulenzen in meinem Leben. Ich hatte ja den von mir nicht geliebten Beruf der Friseurin gelernt. Als Ole damals aus beruflichen Gründen von Süd- nach Norddeutschland ziehen musste, schaute ich mich auch nach einer Stelle um. Aber egal, wo ich mich auch vorstellte, ich wurde nicht eingestellt. Verstehen konnte ich es nicht, dass ich immer wieder abgewiesen wurde. Damals war ich 35 Jahre alt, sah gut aus, die Kunden waren zufrieden. Kurz, ich war gut in diesem Beruf. Eines Tages, als ich wieder einmal abgewiesen wurde, fragte ich den Chef nach dem Grund. Also, ich war sprachlos. Er sagte: »In Ihrem Alter sollte man entweder selbstständig sein oder aufhören.« Ich sagte, ich könnte doch einmal zur Probe arbeiten und ihn von meiner Qualifikation überzeugen. Aber er sagte, das nütze nichts, da ich nicht in das Team passe. Also, das war mir unverständlich. Es stellte sich heraus, dass er nur junge Leute beschäftigte, so etwa bis 25 Jahre. Ich war also zu alt. Mehrere Male habe ich es noch versucht. Immer kam das Gleiche heraus. So ging ich zum Arbeitsamt und versuchte es dort. Nur, das Amt glaubte mir nicht. Dort meinte man, ich brauchte nur ein paar Stützkurse. Da ich bis zuletzt in meinem Beruf gearbeitet hatte, brauchte ich keine Stützkurse. So habe ich es dort erklärt. Das Arbeitsamt versuchte auf seine Weise, mich unterzubringen. Es war aber nichts zu machen. Überall die gleiche oder ähnliche Antwort. Nun schlug man mir vor, eine Umschulung zu machen. Man fragte, was ich gerne machen würde. Meine Antwort war: Ich möchte Krankenschwester werden. Nun musste ich wieder zur Schule gehen. Nach drei Jahren praktisch wie theoretisch machte ich mein Staatsexamen. Es wurde alles vom Arbeitsamt bezahlt. Eine kleine Unterstützung bekam ich auch. Ich machte meine Arbeit gerne. In den ganzen Jahren habe ich auf allen Stationen gearbeitet. Internistische, im OP, bis hin zur Intensivstation. Am liebsten war ich dort, wo Männer stationiert waren. Männer sind nicht so anspruchsvoll wie Damen. Sie sind einfacher, dankbarer und freundlicher. Während bei den Frauen doch so manche ganz schön zickig waren. Was ich in den Jahren beobachtet habe, waren die alten Menschen. Im Krankenhaus ist es so: Die meisten Patienten kehren gesund wieder nach Hause zurück. Anders ist es bei alten Menschen. Sie sind viel alleine. Sie bekommen selten Besuch. Am schlimmsten war es für mich, viele kamen nicht mehr nach Hause. Den Angehörigen war es zu viel Arbeit oder es ging aus beruflichen Gründen nicht. Ausreden gab es ja viele. Ja, was soll ich sagen, die meisten mussten nach ihrem stationären Aufenthalt in ein Altersheim. Viele Tränen musste ich trocknen, viel Mut zusprechen, viel trösten. Ich hatte während meiner Ausbildung zur Krankenschwester auch ein Praktikum in einem Altenheim gemacht. Was ich dort gesehen und erlebt habe, war scheußlich. Nicht alles, aber immer noch genug. Es fehlte an Herzlichkeit, Zuneigung, lieben Worten und vielem mehr. Ich fühlte mich immer mehr zu alten Menschen hingezogen. So beschloss ich, eine Zusatzausbildung als Altenpflegerin zu machen. Das Arbeitsamt war nicht so begeistert und meinte, das wäre doch kaum ein Unterschied. Und ob. Ich habe ganz deutlich erklärt, dass es einer ganz anderen Ausbildung bedürfe, alte Menschen zu pflegen. Nun, ich habe das Amt überzeugt und durfte diese Ausbildung machen. In der heutigen Zeit wäre dieses Ansinnen unmöglich. Ich konnte mir sogar die Schule aussuchen, die ich zu dieser Ausbildung brauchte. In meiner Unwissenheit suchte ich mir gerade die Ausbildungsstätte aus, die am schwersten war – und als eine der besten galt. Nun lagen zwei Jahre Lernen vor mir. Obwohl ich das Examen der Krankenschwester schon hatte, konnte ich mir nicht vorstellen, dass es so schwer werden würde. Soziologie war für mich eines der schwersten Fächer. Soziologie ist ja die Wissenschaft von Voraussetzungen, Abläufen und Folgen des Zusammenlebens von Menschen. Darüber habe ich mir noch keine so großen Gedanken gemacht. Besonders über die Stigmatisierung. Habe ich mir doch eingebildet, darüber wüsste ich schon alles. Von wegen. Für mich war dieses Fach sehr schwer zu verstehen. Bei allen Arbeiten, die wir schrieben, erreichte ich immer nur ein »Ausreichend«. In der Pause saß ich auf einer Bank. Die Dozentin ging an mir vorüber und sagte: »Sie sollten nicht in der Sonne sitzen, sondern lieber Soziologie büffeln.« Da war ich wieder bedient. Was nicht in den Kopf hineingeht, geht eben nicht hinein, dachte ich. Es war auch sehr viel Theorie dabei. Manches war für mich unverständlich. Und in der Psychologie war es auch nicht viel besser. Viel Theorie. Auch hier erreichte ich immer nur ein »Ausreichend«. Die anderen Fächer, zum Beispiel Ernährungslehre, Medizin, Altenpflege, da kam ich ganz gut zurecht. Aber es war noch viel mehr. Oft dachte ich, das schaffe ich nie. Dann aber wieder: Jetzt erst recht. Mein Thomas sagte zu mir: »Das bekommst du nicht hin. Du bist zu alt für die Schule.« Das war doch ein nettes Kompliment, da Thomas doch der Meinung war, ich erwähnte es schon, dass das Gehirn von Frauen kleiner ist als das der Männer. Tatsächlich war ich die Älteste in der Klasse. Wir hatten unsere Tische und Stühle in U-Form. Ganz vorne, direkt bei den Dozenten, saß ich. Jedes Mal, wenn eine Frage gestellt wurde, war ich sofort greifbar. Schrecklich. Eigentlich habe ich mich nach vorne gesetzt, um alles gut verstehen zu können. Die zwei Jahre gingen schnell vorbei und die Prüfung stand an. Dieses

Mal saßen wir an Einzeltischen, alles wurde streng beobachtet. Ich hatte mir, wie alle anderen, Traubenzucker besorgt. Soll doch gleich in das Gehirn gehen. Die Theorie habe ich bestanden. Nun lag noch die praktische Prüfung an. Das betraf vor allen Dingen den Umgang mit alten Menschen. Es betraf die Kommunikation, Baden, Waschen, Verbände und, und. Jeder der Schüler musste sich eine/n Bewohner/in aussuchen und die Dinge tun, die gerade anlagen. Ich hatte mir eine Dame ausgesucht, die blind war. Sie war aus dem Bett zu holen und zu waschen. Man kann sich als Laie nicht vorstellen, wie schwierig es ist, einen behinderten Menschen aus dem Bett zu holen. Hinter mir war doch tatsächlich eine siebenköpfige Prüfungskommission, die jeden meiner Handgriffe beobachtete. Alles gut. Aber als ich der alten Dame die Haare kämmte, steckte ich anschließend den Kamm in meine Kitteltasche. Das war ein großer Fehler (Hygiene). Da sagte die alte Dame doch auch noch: »So gründlich wie heute bin ich aber noch nie gewaschen worden.« Die Kommission bemühte sich, ein Lachen zu verkneifen. Nun mussten wir noch drei Wochen warten, eher wir erfahren durften, ob wir bestanden hatten oder nicht. Ehrlich, so sicher war ich mir nicht. Dann kam das Ergebnis: Von 25 Schülern hatten 7 nicht bestanden. Die Theorie hatte ich mit 3 bestanden, das Praktische mit einer 1–. Das Minus bekam ich, da ich den Kamm in die Kitteltasche gesteckt hatte. Als ich nach Hause fuhr, kullerten mir die Tränen. Es war wirklich sehr anstrengend gewesen. Eigentlich dachte ich, es freut sich jemand, als ich zu Hause ankam. Thomas sagte: »Da hast du aber Glück gehabt.« Ole nickte nur. Und das war alles. Trotzdem war ich stolz, dass ich Alte es doch so prima geschafft hatte.

27

Ich begann in einem Altenpflegeheim zu arbeiten – und freute mich, dass ich mich jetzt um alte Menschen kümmern durfte. Dort arbeiteten hauptsächlich Pflegehelferinnen. Da kam doch bald Neid auf. Aber in meinem Kopf hatte ich doch noch von der Soziologie etwas behalten. Irgendwie beruhigten sich meine Kolleginnen wieder. In diesem Heim arbeitete ich fünf Jahre. Unser Chef war sehr sparsam, besonders bei den Bewohnern. Er kaufte immer ein. Sogar der Koch sagte: »Was soll ich mit dem welken Gemüse?«, legte es erst einmal in kaltes Wasser und hoffte, es möge sich erholen. Eines Tages kam ich in die Küche und sah Paletten mit abgelaufenem Joghurt. Das war ganz leicht zu erkennen, da sich die Deckel wölbten und kurz vor dem Platzen waren. Ich ging zu meinem Chef und machte ihm Vorwürfe. Die Deckel, sagte er, werden abgemacht und kein Bewohner wird etwas merken. Meine Empörung war so groß, dass ich damit drohte, ihn anzuzeigen. Darauf bekam ich sofort meine fristlose Kündigung. Als ich zu Hause Ole erzählte, was passiert war, meinte er, ich solle zum Arbeitsgericht gehen. Das habe ich nicht getan. Ich hasse es, vor Gericht zu stehen. Später erfuhr ich, dass der Koch genau das getan hatte. Danach hat sich dort viel geändert. Es gab ständig Kontrollen. Ein schlechtes Gewissen hatte ich schon, dass ich zu feige war, das Gleiche zu tun. Ach ja, Hausverbot bekam ich auch noch. Da ich heute als gerichtliche Betreuerin arbeite, habe ich auch in diesem Heim zu tun. Wenn ich meinem früheren Chef begegne, mache ich einen großen Bogen. Das Neuste ist, dass er jetzt sogar grüßt und winkt. Also denke ich, der hat vielleicht Nerven.

28

Leider wurde Ole zu dieser Zeit arbeitslos. Der ganze Umzug hatte sich nicht gelohnt. Die Firma ging pleite. Nun mussten wir beide schnell Arbeit finden. Für Ole war es schwer, er war ja Ausländer. In diesem Fall hatte man immer die deutschen Bewerber vorgezogen. Ich hatte Glück. In der Sozialstation wurde ich sofort eingestellt. Das war für mich wieder etwas Neues. Jetzt lernte ich unser Dorf erst richtig kennen. Die vielen Seitenstraßen mit wunderschönen Häusern hatte ich zuvor nie bemerkt. Im Rahmen meiner Arbeit betreute ich auch ein älteres Ehepaar. Beide hatten einen Schlaganfall. Dort habe ich auch bemerkt, dass sich niemand um die beiden lieben Menschen kümmert. Weder Kinder noch Enkelkinder. Sie baten mich, ob ich nicht irgendwann einmal Zeit hätte, um mit ihnen »Mensch, ärgere dich nicht« zu spielen. Natürlich sagte ich Ja. Im Stillen überlegte ich schon, wie ich das einrichten konnte. Es blieb dann nur die Freizeit übrig. So kam es, dass ich zweimal in der Woche am Nachmittag mit ihnen spielte. Also, die zwei waren so richtig glücklich.

Was ich nie bemerkt hatte, hinter dem Haus von meinen beiden Spielkameraden stand eine Garage. Ein langer großer Zaun hatte das »Gebäude« verdeckt. Dort wurde ich auch hingerufen. Ich stand davor und wusste nicht so richtig, was ich machen sollte. Es war eine ausgebaute Garage. Keine Klingel, kein Briefkasten. Ganz verschüchtert öffnete mir eine kleine ältere Frau. Sie sagte: »Mein Mann ist krank.« Er hatte auch einen Schlaganfall, erfuhr ich nach Rücksprache mit dem Hausarzt. Die Garage war sehr klein und sehr arm eingerichtet. Ich erfuhr, dass mein Patient früher selbstständig als Taxifahrer gearbeitet hatte. Das Haus meiner Spielkameraden und das große Grundstück hatte einmal diesem Ehepaar gehört. Aber der Mann war Alkoholiker und spielsüchtig. Sie hatten alles verloren. Der einzige Sohn, der das alles nicht mehr ertragen konnte, hatte sich das Leben genommen. Gesehen habe ich gleich, dass das Gesicht der kleinen Frau von Kummer gezeichnet war. So klein und unscheinbar, wie sie war, hatte sie eine unheimliche Kraft. Sie hat mir geholfen, wenn ich ihren Mann umbetten oder drehen musste. Alleine hätte ich das nie geschafft. Er war sehr wohlbeleibt und schwer. Es dauerte nicht lange, da musste er wieder in ein Krankenhaus eingeliefert werden, wo er auch verstarb. Eigentlich war meine Arbeit dort erledigt. Aber ich hatte noch immer das Ehepaar in dem vorderen Haus zu versorgen. So kam es, dass ich öfter nach hinten zu der kleinen Frau ging und sie fragte, ob ich irgendetwas helfen könnte. Sie schüttelte den Kopf und sagte: »Noch komme ich alleine zurecht.« Es war eine Veränderung bei ihr aufgetreten. Sie wirkte auf mich wie befreit. Ich habe gesehen, wie sie Holz hackte, kleine Reparaturen selbst ausführte. Es war in der Garage nur ein Kohleofen vorhanden. Warmes Wasser gab es auch nicht. Immerhin war sie weit über 80 Jahre alt. Erfahren habe ich, dass sie eine große Familie hat. Aber keiner kümmerte sich um sie. Bei der Beerdigung ihres Mannes waren nur sie und ich in der Kirche. So etwas hatte ich noch nicht erlebt. Es muss wohl an dem Lebensstil ihres Mannes gelegen haben. Es soll ein unangenehmer Zeitgenosse gewesen sein.

Leider sind meine Spielkameraden auch bald verstorben. Mein Arbeitsweg war nun ein anderer. Trotzdem habe ich nie den Kontakt zu meiner kleinen Frau abbrechen lassen. Sie freute sich immer, wenn ich kam. Eines Tages wollte ich sie besuchen, aber es war niemand da. Ich klingelte bei den neuen Mietern im Vorderhaus. Sie erzählten mir, dass meine Kleine gefallen war, im Hof, und dass sie im Krankenhaus lag. Ich fuhr sofort zu ihr. Der Oberschenkelhals war gebrochen, Rippenbrüche, ja, es hatte sie ordentlich erwischt. Darauf wollte ich gerne mit dem Arzt sprechen. Es gab Schwierigkeiten, da ich keine Verwandte war. Das wollte man mir nicht glauben und so ging der Arzt mit mir in ihr Zimmer. Er fragte sie, wer ich nun war. Sie strahlte und sagte: »Das ist meine Beste.« Man hat mir geraten, mich um eine gerichtliche Betreuung zu kümmern. Das habe ich auch getan. Nach langem Hin und Her wurde ich zur ehrenamtlichen gerichtlichen Betreuerin ernannt. Vorher wurde ich aber durchleuchtet, ob auch kein Makel auf mir lag. Das Schlimme war, sie konnte nicht wieder nach Hause. Ich musste mich um einen Heimplatz bemühen. Noch schlimmer war, ihr das zu erzählen, was nun geschehen sollte. Erzählt habe ich, es sei einmal zur Probe, bis sie wieder vollkommen hergestellt war. So war es auch wirklich gedacht. Aber leider ist daraus nichts geworden. Meine Kleine ist nun auch schon 96 Jahre alt. Die Beine wollen nicht mehr, aber der Kopf ist klar. Über alles kann man sich mit ihr unterhalten. Wohlfühlen, ja, das hätte ich gerne, bei ihr ist das nicht Fall. Die letzte Zeit sagt sie sehr oft: »Ich möchte am Abend einschlafen und nicht mehr aufwachen. Ich habe kein gutes Leben gehabt. Ich möchte endlich meine Ruhe haben.«

Man kann schon von Todessehnsucht sprechen. Diese Todessehnsucht endet oft im Suizid. Darauf habe ich mit dem dortigen Personal gesprochen, dass die Schwester oder der Pfleger stehen bleiben, bis sie ihre Medikamente geschluckt hat. Eine Schwester sagte zu mir, wenn sie unbedingt sterben will, so lassen Sie sie doch. Ich denke, solche Pflegekräfte sind fehl am Platz. Darauf habe ich mit der Leitung gesprochen. Es wurde sofort ein Meeting anberaumt. Diese Ansicht betrifft nicht nur meine Kleine, sondern auch die anderen Bewohner des Hauses. Diese Todessehnsucht, so glaube ich, beruht bei ihr unter anderem auch auf einer Unzufriedenheit. Sie sagt nicht sehr viel, aber ich kann es hören, wenn sie erzählt. Zum Beispiel: Die Schwester sagt: »Nun machen Sie einmal ein bisschen schneller, Sie sind nicht die Einzige hier.« Sie bittet mich dann, es nicht weiterzuerzählen. »Sonst muss ich es wieder aushalten«, so ihre Worte. Da ich noch mehr Bewohner betreue, ist das für mich nicht fremd. Aber was soll ich tun? Wenn es nach mir ginge, würde ich gerne die ganze Welt verbessern. So kann ich nur helfen, indem ich niemanden im Stich lasse und immer versuche, fröhlich zu erscheinen. Und immer ein gutes Wort einlege, um somit die Bewohner auf andere Gedanken zu bringen.

Ole hatte inzwischen Arbeit gefunden in einem Supermarkt. Nein, das hat ihm dort keine Freude bereitet. So begann die Zeit, wo er auch seinen Hosenstall nicht mehr zulassen konnte. Aber davon habe ich schon erzählt und wie es endete. Genau zu diesem Zeitpunkt begannen die 12 Jahre.

29

Nein, die Zeit heilt keine Wunden. Man leidet. Man quält sich mit nicht endenden Fragen und »Was wäre, wenn«. Aber das alles bringt nichts mehr. Man gibt auf, um nicht mehr leiden zu müssen. Doch man lebt weiter. Der Schmerz ist immer da. Man entfernt sich mit der Zeit von ihm. Es ist, als hätte sich eine Kruste über ihm gebildet. Somit auch über die schlimmen Erinnerungen. Irgendwann wird die Kruste härter. Man erinnert sich nicht täglich an den Schmerz. Doch irgendwann fällt diese Kruste ab. Zurück bleibt eine Narbe. Diese bleibt für länger, ich denke, für immer. Man sagt doch immer: Was uns nicht umbringt, macht uns stärker.

Ich glaube, ich bin stärker geworden.

Immerhin kann ich jetzt anderen Menschen helfen, Fröhlichkeit verbreiten und Mut zusprechen. Das ist gut so, es vertreibt meine trüben Gedanken.

30

Jetzt hätte ich fast Paul vergessen. Er ist immer noch präsent. Die Hoffnung, dass aus uns einmal eine Gemeinschaft wird, habe ich längst aufgegeben. Er sitzt meistens nur auf dem Sofa oder er schläft. Eine Unterhaltung oder eine Diskussion zu führen, ist unmöglich. Man kann bekanntlich auch keinen Menschen ändern, schon gar nicht, wenn er nicht will. Aber er glaubt, alles zu wissen und alles richtig zu machen. Seine Tochter hatte vorgeschlagen, dass er zur Familie in deren Haus einziehen sollte. Paul hat mir davon nichts erzählt. Aber die Tochter. Ihr Mann ist nun gerade in Rente gegangen. Jetzt geht sie arbeiten, um sich selbst zu verwirklichen. Der Gedanke war, Opa sollte nun den Haushalt führen, Wäsche machen, Kartoffeln schälen und alles, was so dazugehört. Der Ehemann sollte die Gartenarbeit erledigen. Dafür sollte er ein Zimmer im 1. Stock bekommen. Einige Tage später traf ich die Tochter. Ich sagte: »Du kannst Opa doch nicht oben ein Zimmer geben, er kann doch kaum noch Treppen steigen.« »Dann kann er ja gleich ins Altersheim gehen«, war die Antwort. Selbst Paul war schockiert, als ich ihm alles erzählt habe. Die ewig unbewohnte Wohnung sollte auch aufgegeben werden. Schließlich kann man das Geld für die Miete auch anders verwenden. Ich müsste lügen, wenn ich sagen würde, er hat mir Leid getan. So etwas habe ich ihm von Herzen gegönnt.

Aber schon beschlich mich wieder die Angst, alleine zu sein. Ich glaube, daran wird sich auch nichts mehr ändern.

Bald ist wieder Weihnachten. Ich habe mir überlegt, nicht zu Hause zu bleiben. Mein Wunsch ist, dahin zurückzukehren, wo ich meine glücklichste Zeit verbracht habe. Aber alleine. Ich werde dann auch meine Freunde wiedersehen. Afrika.